Martin Meckel - Mord beim Bridge

Martin Meckel

Mord beim Bridge

Christian von Ottens erster Fall

IDEA

Die Deutsche Bibliothek – CIPEinheitsaufnahme

Martin Meckel
Mord beim Bridge
Martin Meckel– Palsweis, IDEA 2023, 2024 2. Auflage
ISBN 978-3-88793-284-8

Bibliografische Information der Deutschen Nationalbibliothek:
Die Deutsche Nationalbibliothek verzeichnet
diese Publikation in der Deutschen Nationalbibliografie;
detaillierte bibliografische Daten sind im Internet über
dnb.d-nb.de abrufbar.

Coverbildgestaltung: Media Design, München

Umschlaggestaltung: Mia Design, München
ISBN 978-3-88793-284-8
© 2024 2. Auflage
2023 IDEA Verlag GmbH, Palsweis
www.idea-verlag.de
Alle Rechte vorbehalten

Samstag

Christian

Er lehnte sich genüsslich in seinen Sessel zurück. In zehn Minuten würde seine Arminia die Mission Klassenerhalt vorantreiben und dank seines Abos würde er das live miterleben können. Ob der Fußballverein die erste Liga würde halten können, wusste er natürlich nicht. Aber es sah nicht schlecht aus. Vermutlich würde die Arminia einen großen Schritt Richtung Klassenerhalt machen können. Sicher, es wäre eine Option, heute Bridge zu spielen. Aber es hat sich nicht ergeben. Ursula Gräfin zu Hasten hatte ihn nicht zu dem Achterbridge eingeladen.

Bridge war seine Leidenschaft. Dafür hatte er extra einen Club gegründet. Bridge & Tennisclub Bielefeld. Es war kein öffentlicher Club. Weder wollte er sich und den Mitgliedern die Verbandsausgaben zumuten, noch hatte er Lust, irgendwelche Spieler zum Spielen zulassen zu müssen, nur weil sie gerade jetzt Lust hatten, in seinem Club zu spielen. Die anderen Vereinsmitglieder sahen das genauso, da war er sich sicher. Vielleicht nicht unbedingt Leon, aber es gab in Bielefeld ja zwei weitere Bridgeclubs. Wenn Leon gegen starke Gegner Turnierbridge spielen wollte, könnte er das dort tun. Überhaupt Leon. Vielleicht hätte er ihn gar nicht in seinen Club aufnehmen sollen. Seit Leon da war, wurden seine eigenen Unterrichtsstunden im Bridge weniger. Letztens hatte sich Leon erdreistet, ihm Bridgeunterricht anzubieten. Dabei spielte er schon Bridge, als Leon noch nicht einmal auf der Welt war. Auch jetzt war Leon zu dem Achterbridge bei Frau Gräfin eingeladen. Aber das war ein Problem, um was er sich später kümmern würde. Vielleicht würde er ihn einfach aus dem Club entfernen. Clubschädigendes Verhalten oder so etwas.

Christian schwelgte in seinen Erinnerungen. Es war ein kleiner Zettel, der damals vor etwa 35 Jahren an der Uni hing: Suche Mitstreiter zum Bridgespielen. Christian hatte schon immer eine Vorliebe für Kartenspiele, daher hatte er sich gemeldet. Schnell wurde ihm klar, in zwei Wochen würde er das Spiel nicht lernen können. Am ersten Tag lernte er, dass Bridge immer zu viert mit einem Canastablatt ohne Joker gespielt wurde. Jeder Spieler bekommt dreizehn Karten. Die beiden sich gegenüber sitzenden Spieler spielen immer zusammen, ein sogenanntes Paar. Es geht darum, zunächst in der Reizphase eine Anzahl an Stichen zu versprechen und während der Spielphase möglichst viele Stiche zusammen mit seinem Partner zu bekommen. Aber was sich so einfach anhörte, war doch viel komplexer, als er sich damals denken konnte.

Christian erinnerte sich an Matthias, mit dem er in erster Zeit immer zusammen gespielt hatte. Aber dann hatte Matthias doch mehr Zeit für das Studium gebraucht und kam nur noch unregelmäßig zum Bridgespielen.

Christian strich sich über seine grauen Haare. Heute genehmigte er sich, nur in einem Jogginganzug zu sitzen. Wäre er zum Bridge eingeladen worden, hätte er natürlich seinen teuren grauen Anzug angezogen. Mit seinen 57 Jahren hatte er sich gut gehalten. Er selbst schob das darauf zurück, dass er zweimal in der Woche Sport trieb. Regelmäßig fuhr er lange Strecken Fahrrad und spielte Tennis.

Das Spiel seiner Arminia würde in einer Stunde beginnen. Es würde ein gelungener Nachmittag werden. Zu seiner Frühpensionierung hatte Christian sich das Abo geschenkt und so nur wenige Spiele seiner Arminia verpasst.

Das Spiel plätscherte dahin, es konnte Christian nicht begeistern. »Freust du dich heute auch auf das Spiel«, sprach er mit Maunzi, seiner Katze. Maunzi hatte er vor drei Jahren aus dem Tierheim geholt. Maunzi sah damals völlig verwahrlost aus. Ein Bein hatte sie verloren, ebenso ein Auge. Weshalb das so war, konnte man ihm im Tierheim damals nicht sagen. Aber Maunzi war ein Glücksgriff. Maunzi war so anschmiegsam wie er es nie zuvor erlebt hatte. Maunzi war einfach seine Katze.

Christians Gedanken drifteten wieder zum Bridge. Vielleicht war ja ein Spieler nicht bei der Gräfin erschienen und sie wären nur zu siebt. Dann wäre ein Spieler zu wenig. Die Gräfin würde ihn aber nicht anrufen. Ein Anruf bei der Gräfin könnte daher nicht schaden.

»Christian hier«, brummte er in den Hörer. »Du musst schnell kommen«, hörte er es am anderen Ende der Leitung. »Leon geht es schlecht. Es ist so furchtbar.« Gräfin zu Hasten war ganz aufgeregt. »Mach erst einmal nichts, ich bin in fünf Minuten bei euch«, beruhigte er seine Telefonpartnerin.

Er nahm sich sein E-Bike. Bei dem Verkehrschaos, was bei Heimspielen der Arminia an der Tagesordnung war, würde er mit dem Fahrrad einfach schneller sein, außerdem waren es mit dem Bike nur fünf Minuten. Er schwang sich auf sein Fahrrad und stand wenige Minuten später in der Einfahrt des Anwesens von Gräfin Ursula zu Hasten.

Sie führte ihn in die Stube. An zwei Ecken des großen altmodisch eingerichteten Raumes waren Bridgetische aufgestellt. Je vier Personen, an jeder Seite einer, sollten an so einem Tisch sitzen. Jetzt standen die Bridgespieler aufgeregt um Leon herum. Er lag neben dem Tisch, der von Christians Seite hinten war. »Er ist tot«, stellte Dr. Reinhardt Runen nüchtern fest. »Ich bin mir hier sicher. Wir haben alles versucht.« »Das kann ich bestätigen«, krächzte Dr. Gertrud Krause, die sich wieder in ihren Sitz zurückfallen ließ. Christian war damals überrascht zu erfahren, dass sie erst 85 Jahre alt war. Er hatte die kleine Frau noch älter eingeschätzt. »Wir haben schon den Notarzt gerufen, aber er scheint bei dem Chaos auf den Straßen nicht durchzukommen«, erklärte die Gräfin, sichtlich unter Schock stehend.

Christian überschlug die Situation. Zwei Ärzte hatten den Tod von Leon bezeugt, er würde nicht wieder lebendig werden. Leon war blau angelaufen und er konnte ausschließen, dass Leon eines natürlichen Todes gestorben war. Christian erinnerte sich an den Tod von seiner Frau Iris vor fünf Jahren. Besser wäre es, er würde selber den Mörder oder die Mörderin finden. Nicht für ihn selbst, sondern vor allem für den Club. Er spürte, eine natürliche Todesursache konnte er ausschließen. »Kann ich kurz um Ihre Aufmerksamkeit bitten«, ergriff Christian das Wort. »Das hier ist alles ganz schrecklich und wir müssen vielleicht auf ein Wunder hoffen. Ich als Vorsitzender des Clubs werde hier, wenn nötig, bei der Aufarbeitung helfen. Ich würde mich gerne mit jedem von euch kurz unter vier Augen unterhalten wollen. Alternativ würde es mir helfen, wenn ihr euch ein Blatt Papier nehmt und aufschreibt, woran ihr euch an diesem Nachmittag erinnert. Alles ist wichtig.«

Ohne jede Diskussion gab die Gastgeberin jedem etwas zu schreiben. Christian schaltete unauffällig sein Smartphone auf Aufnahme und nutzte die Zeit, in der die Gesellschaft erstarrt auf den Krankenwagen wartete, zu kurzen Interviews.

Christian hatte mit jedem entweder gesprochen oder einen Zettel erhalten. So besah er sich Leon etwas genauer. Sein Blick fiel auf das sichtbare Portemonnaie. Vorsichtig zog er die EC-Karte hinaus sowie einen gelben Zettel. 4814 stand darauf. Wenn er Glück hatte, wäre das die PIN von der EC-Karte und Leon wäre zwar aus verschiedenen Gründen ein Genie, aber unfähig, sich vier Zahlen zu merken. »Ich glaube, Frau Gräfin, ich verabschiede mich von Ihnen. Ich werde aber alles tun, um zu der Aufklärung dieses Vorfalls beizutragen. Ich danke Ihnen allen dafür, dass sie sich für ihre Erinnerungen Zeit für mich genommen haben.«

Als Christian sich wieder auf sein Fahrrad setzte, sah er den Krankenwagen mit Blaulicht vor die Villa fahren. Er hielt auf dem Nachhauseweg noch einmal schnell bei der Bank von Leon an und versuchte die EC-Karte mitsamt der mutmaßlichen PIN zum Sprechen zu bekommen. Erfolgreich, damit hatte er wirklich nicht gerechnet. Gut gelaunt verließ er die Bank, der Automat hatte ihm die Kontoauszüge von Leon ausgespuckt. Heute Abend würde er sich den Ermittlungen widmen. Er schaltete wieder an und hörte die vertraute Stimme von Ulrich Zwetz: »Die Arminia muss jetzt einen Gang zulegen. 0:2 liegen sie hinten. Das muss es sein. Tor. Tor für die Arminia.« Christian schaltete das Smartphone aus. So würde das aber nichts mit dem Klassenerhalt seiner Arminia werden. Das Spiel war doch eigentlich machbar. Warum musste die Arminia wieder zurückliegen?

Christian begab sich in sein Haus mit den sieben schriftlichen Äußerungen oder Interviews seiner Clubmitglieder. Er würde sie durchlesen und den Mörder oder die Mörderin finden. Das war er sich und seinem Club schuldig.

Ursula

Mit Ursula hatte Christian sich unterhalten können. Sorgfältig nahm er sich ein weißes Blatt Papier. Er schrieb auf, was Ursula gesagt hatte. So konnte er zum Schluss alle Aussagen auf einen Blick haben.

Ich habe mir so viel Mühe gegeben. Es war alles angerichtet. Für den Tag habe ich extra einen Kuchen gebacken und einen weiteren beim Bäcker gekauft.
Ich habe zum ersten Mal ein solches Event für den Club veranstaltet. Natürlich habe ich meine Gäste durch die Villa geführt. Adel verpflichtet. Alle haben meine Gemälde bewundert. Meine Kunstsammlung öffne ich nur zu besonderen Anlässen. Aber ein solcher Anlass lag vor.

Wir waren schon zu acht, Christian. Deshalb habe ich dich nicht eingeladen. Ich habe aber immer an dich gedacht. Vor allem, als ich das türkisfarbene antike Kaffeegeschirr aufgedeckt habe. Damals, du erinnerst dich, haben wir beschlossen, dass der Club gegründet werden soll. Und ich habe dir Tee aus diesen Tassen serviert. Ich bin glücklich, dass der Bridge & Tennisclub Bielefeld existiert. Meine Freundinnen meinen, ich sei aufgeblüht, seit ich hier viel Zeit mit Bridge verbringe.

Wie furchtbar. Plötzlich ist Leon vom Stuhl gekippt und war kurze Zeit später tot. Reinhardt konnte nicht mehr helfen. Er hat wirklich alles versucht. Auch Gertrud hat sich danach Leon angeschaut. »Da kann man nichts mehr machen«, hatte sie gesagt.

Ich weiß nicht, wie er gestorben ist.

Christian, du musst etwas tun. Die Leute, sie werden tuscheln. Sie werden die Villa meiner Urgroßeltern in Verruf bringen. Den Ruf unserer Familien.

Ich habe keine Ahnung, wie das passieren konnte. Wirklich nicht. Ich bin nicht schuld. Er hat doch nur schwarzen Kaffee ohne Zucker getrunken und meinen selbstgemachten Kuchen gegessen. Davon stirbt man doch nicht.

Christian legte den Zettel von Ursula zurück. Vielsagend und aufschlussreich war das ja nicht gerade. Ursula wollte Leon sogar mit irgendwelchen Glückssteinen helfen. So wie er das sehen konnte, hatte Reinhardt ihr sogar die Möglichkeit gegeben, ihr Pendel mit den Steinen über Leon zu halten. Christian glaubte nicht an solche Möglichkeiten.

Ursula spielte jetzt schon seit mehr als zwanzig Jahren Bridge, das wusste er. Angefangen hatte alles mit einem Kurs in der Volkshochschule. Ein wenig Wirbel in ihrer Villa würde sich nicht vermeiden lassen. Der Name ihrer Familie war ihr wichtig, das wusste er. Darauf konnte er jetzt aber wirklich keine Rücksicht nehmen. Und die Polizei würde es vermutlich auch nicht tun.

Gertrud

Als nächstes nahm sich Christian Gertrud vor. Sie war gerade 1,55 m groß, ein ansehnliches Persönchen sozusagen. Aber trotz ihres Alters und Leichtgewichts war Gertrud aus seinem Club nicht wegzudenken. Christian hatte nur wenig Zeit gehabt, um sich mit Gertrud zu unterhalten.

Mit dem Alter wird vieles schwieriger, auch das Schreiben. Deshalb spreche ich kurz mit dir. Ich und Reinhardt haben Leon untersucht. Dazu sind wir als Ärzte auch verpflichtet. Er ist tot. Bis dahin war es ein schöner Nachmittag.

Damit war nun wenig anzufangen. Aber Christian hatte auch nicht wirklich mit viel mehr gerechnet. Immerhin war Gertrud schon 85 und es war eine beachtliche Leistung, wie gut sie dafür spielte.

Für den tragischen Tod von Leon wird sie vermutlich nicht verantwortlich sein. Da wollte sich Christian festlegen, obwohl er konnte sich bei keinem der Mitspieler von Leon vorstellen, für dessen Tod verantwortlich zu sein.

Christian spielte immer gerne mit Gertrud. Immerhin hat sie den Tod von Leon bestätigt. Damit haben zwei Ärzte unabhängig voneinander seinen Tod bestätigt und so hatte man getan, was man tun konnte. Auch wenn Gertrud Augenärztin war.

Christian seufzte. Vielleicht würden die nächsten Zettel mehr Aufschluss bringen.

Sandra

Sandra hatte für ihn einen Zettel geschrieben. Sie zog Christian durch ihre Schlichtheit an. Dunkelblondes glattes Haar, eine etwas zu groß geratene königsblaue, runde Brille, ein zeitloses Äußeres. Sie hätte für Christian auch problemlos als Lehrerin durchgehen können. Aber sie arbeitete irgendwo im Finanzamt, soweit er sich erinnern konnte, Finanzamt Bielefeld Außenstadt. Für Bielefeld waren zwei Finanzämter zuständig, Christian wusste aber nicht mehr, welches es war. Irgendwann hatte Sandra es ihm gesagt. Aber jetzt galt es, Sandras Zettel zu lesen.

Ich bin so traurig. Leon hatte noch so viel vor. Wenn ich bedenke, was er alles geleistet hat. Und immer so gut gekleidet. Ich habe selten einen so hübschen und charmanten jungen Mann kennengelernt. Ich bin mir sicher, er hat es nicht leicht gehabt in seinem Leben. Man muss es ihm nachsehen, dass er mich das ganze Spiel über korrigiert hat. Ich kann viel besser spielen als ich es getan habe. Mal passe ich ihm seine Gebote weg, womit wir viel zu wenige Stiche versprechen, mal passe ich im Gegenspiel überhaupt nicht auf, weshalb der Gegner einfach zu viele Stiche macht. Da muss man sich doch aufregen, wenn man ein so guter Spieler wie Leon ist. Ich habe jetzt schon viel Unterricht bei Leon genommen. Auch habe ich Leon dafür bezahlt, dass er heute mit mir gespielt hat.

Ich hätte gerne sehr viel mehr Zeit mit ihm verbracht. Auch wenn er etwa zwanzig Jahre jünger als ich ist, nein war, und so viel besser Bridge als ich spielen konnte, wir sind seelenverwandt.

Ich hätte Leon nie etwas zu Leide tun können, das musst du mir glauben. Er war doch so ein toller Mensch. Und dann hat er sich einfach gekrümmt und ist auf den Boden gefallen. Zunächst dachte ich, er würde sich über mein Alleinspiel aufregen. Aber Reinhardt hat die Situation besser durchschaut und hat gleich versucht, ihm zu helfen. Wie wir alle wissen, vergeblich.

Dabei hatte der Tag so gut angefangen. Ich wollte ja schön aussehen, wenn ich Leon gegenübersitze. Es ist alles so schrecklich. Wenn ich jetzt diese Kombination trage, muss ich vermutlich immer an Leon denken. Wir hätten eine so schöne Zeit miteinander haben können.

Nach den ersten Boards hat uns Ursula ihre Gemäldesammlung gezeigt. Beeindruckende Bilder, wie ich sie eigentlich nur von Museen her kenne. Da war vermutlich jeder von uns an dem ein oder anderen Bild hängengeblieben. Ich liebe ja Landschaftsbilder. Die könnte ich stundenlang anschauen. Aber wir waren nicht zum Galeriebesuch gekommen, sondern zu einem gemütlichen Bridgenachmittagsturnier. Wenn ich nur etwas für Leon hätte tun können. Ich saß regungslos auf meinem Stuhl, während Reinhardt dann Gertrud hinzuholte. Gertrud sagte nur: »Er ist tot.« *Und Reinhardt nickte.*

Es ist alles so traurig. Ich kann jetzt nicht weiterschreiben.

Christian las sich das Statement von Sandra aufmerksam und mehrfach durch. An und für sich war das nicht notwendig, dass sie Leon so anhimmelte. »Sie ist doch eigentlich hübsch, sie hat schon etwas Besseres als diesen Leon verdient«, dachte er auch mit einer Spur Wehmut. Aber dafür war jetzt keine Zeit. Er musste sich mit der Frage beschäftigen: Wer ist für den Tod von Leon verantwortlich und muss dafür büßen? Sein Herz sagte ihm, er konnte Sandra ausschließen. Aber jetzt war keine Zeit für Sentimentalitäten.

Otto

Otto war der typische Lehrer. Christian sagte immer, man sähe ihm auf 100 m an, dass er Lehrer war. Auffallend war vor allem sein hellbrauner Schlapphut, der zu Ottos Markenzeichen wurde. Christian konnte sich Otto ohne die Kopfbedeckung gar nicht mehr vorstellen. Für Christian wenig überraschend hatte Otto seine Gedanken ebenfalls zu Papier gebracht.

Ich war es nicht. Obwohl ich nicht sagen kann, dass ich Leon sympathisch fand. Die Polizei wird es sowieso schnell herausfinden. Leon war mein Schüler in Geschichte und Englisch. Er war nicht der Einfachste, ich musste wegen ihm zweimal eine Klassenkonferenz einberufen. Aber das ist jetzt Geschichte. Natürlich war ich nicht begeistert, als Leon in den Club aufgenommen wurde. Aber da muss man als Lehrer darüberstehen. Es ist ja meine Aufgabe, Schüler auf ihrem Weg zum Erwachsenwerden zu begleiten.

Leider ist Leon da immer noch nicht angekommen gewesen. Sein Verhalten gegenüber Sandra war völlig indiskutabel. So behandelt man erwachsene Menschen einfach nicht. Auch wie Leon demonstrativ gelangweilt geschaut hat, als Ursula uns ihre Gemäldeausstellung gezeigt hat. Vielleicht ist sie ja nicht jedermanns Sache. Aber Leon war einfach unmöglich.

Ich weiß nicht, warum Leon gestorben ist, aber ich glaube, es war kein natürlicher Tod. Er war doch noch so jung. Aber ich war, als es passiert ist, an dem anderen Tisch. Ich kann also nicht wirklich helfen, wenn es darum geht, zu klären, warum Leon gestorben ist.

Ich will offen zu dir sein. Ich denke, es ist nicht deine Aufgabe, sondern die Aufgabe der Polizei, hier zu ermitteln. Es ist furchtbar, was passiert ist und auch nicht auszudenken, wenn einer von unserem Bridgeclub für den Tod von Leon verantwortlich ist. Aber die Polizei hat die Mittel und das Personal, und letztendlich ist es ja auch deren Aufgabe, den Mörder zu verhaften. Lass sie einfach ihre Arbeit machen.

»Wie oberlehrerhaft von Otto. Ich weiß wohl besser, was gut für den Club ist und was nicht. Ich weiß auch, was ich von dem Rechtsstaat zu halten habe. Hat sich der Rechtsstaat vor drei Jahren um mich gekümmert? Nein, ich muss mich selber darum kümmern.

Viel steht bei Otto aber ansonsten nicht drin. Aber könnte das ein Tatmotiv sein? Irgendwie reicht das nicht. Wenn das so weiter geht, ist niemand der Mörder. Aber irgendjemand muss es doch sein. Oder ist Leon vielleicht doch eines natürlichen Todes gestorben?« Christians Gedanken schweiften um den Nachmittag.

Hans

Mit seinem Tennispartner Hans hatte sich Christian kurz unterhalten. Lässig gekleidet wie immer kam Hans zu dem Bridgenachmittag. Christian beneidete Hans sowohl um sein Aussehen als auch um seine Frau Jaqueline. Hans hatte sich auf seinem Poloshirt ein kleines Foto von ihr einnähen lassen. Christian schaltete wieder sein Smartphone an und schrieb dann mit, was Hans gesagt hatte.

Es ist so schrecklich. Es passiert ja nicht täglich, dass beim Bridgespielen jemand tot umfällt. Ich bin so schockiert. Wir waren an dem anderen Tisch, also ich und Otto, Ursula und Gertrud.

Bist Du Dir sicher, dass er eines unnatürlichen Todes gestorben ist? Wer von uns sollte denn ein Motiv haben? Vielleicht Sandra. Dauernd hat er sie verbessert, nie hat sie etwas richtig gemacht. Aber trotzdem hat sie ihn immer wieder mit ihren Kulleraugen angestarrt, als ob sie etwas von ihm wollte.

Ich war gerade in einem schwierigen Kontrakt, als das Unglück am anderen Tisch passierte. Wir haben alle zu Leon gestarrt und waren wie gelähmt. Dann war Reinhardt bei Leon. Wenn ich gewusst hätte, welche tragische Wende dieser Tag genommen hätte, ich hätte mich nie überreden lassen, an diesem Event teilzunehmen.

Ich weiß wirklich nicht, was wichtig ist. Wenn ich dir irgendwie helfen kann, lass es mich wissen. Ich bin immer noch völlig fertig.

»Hans hat recht. Ich habe noch keine Idee, wer ein Motiv haben könnte. Wenn Leon tatsächlich von einem der sieben ermordet wurde, dann bräuchte es ein Motiv. Ich tappe noch völlig im Dunkeln. Zwei Zettel habe ich noch. Aber ich glaube nicht, dabei ein Geständnis zu lesen«, dachte sich Christian etwas deprimiert.

Mario

Als nächstes betrachtete Christian den Zettel von Mario. Den Volvo aus den 60er Jahren, ein grüner Buckelvolvo mit roten Ledersitzen, erkannte Christian schon von weitem, als er auf die Villa der Gräfin zu radelte. Normalerweise färbte ein so majestätisches Auto auch auf den Besitzer ab, aber das konnte Christian hier nicht bestätigen. Mario sah mit seinem T-Shirt, auf dem ein alter Mercedes zu sehen war, eher wie ein Autoverkäufer aus als wie ein Adeliger. Soweit Christian wusste, handelte Mario mit irgendwelchen Metallen.

Leon ist tot. Ich kann es noch gar nicht fassen. Wie konnte das passieren? Christian, ich weiß gar nicht, was ich sagen soll. Es ging alles so schnell. Plötzlich sank Leon zusammen und kippte vom Stuhl. Reinhardt versuchte zu helfen und zu retten, was zu retten war. Aber er hat sehr schnell resigniert und Gertrud hinzugerufen. Aber eigentlich nur, damit Gertrud ihm bestätigte, dass Leon tot ist.

Leon war doch noch so jung. Ich bin erschüttert, dass Leons Leben jetzt schon vorbei ist. Wir alle wollten doch nur ein wenig Bridge spielen und einen netten Nachmittag. Keinen Todesfall.

Vorher hat Ursula uns noch ihre Bilder gezeigt. Wäre meiner Meinung nach nicht notwendig gewesen. Kunst ist nicht so meins. Ich glaube, bei den anderen auch nicht. Ich hatte den Eindruck, Leon hat das auch gelangweilt.

O mein Gott. Wenn Leon jetzt gar nicht eines natürlichen Todes gestorben ist. Das war doch niemand von uns. Sind wir denn alle verdächtig? Ich war es schon mal nicht. Weshalb auch?

Christian, das wird alles so ungemütlich für uns alle. Aber es ist schön, dass Du Dich kümmern willst. Das wissen wir alle zu schätzen.

Du wirst aber verstehen, dass ich jetzt nicht in der Lage bin, viel zu schreiben.

»Da hat Mario recht. Wenn Leon eines unnatürlichen Todes gestorben ist, muss einer der Mörder sein. Ja, jeder wird sagen, dass er nicht der Mörder ist. Das ist jetzt nicht so überraschend. Ich will ja niemanden verdächtigen. Irgendwie würde ich gerne jeden ganz von der Liste der Verdächtigen streichen«, war Christian weiter am Analysieren.

Reinhardt

Irgendwie hat Reinhardt die Zeit für einen Zettel gefunden. Er meinte, das sei gar nicht schlecht, so könne er seine Gedanken sortieren, erläuterte er Christian. Christian schätzte den großgewachsenen Doktor auf knapp unter 70. Noch betrieb er seine Praxis. »Ich werde die Praxis so lange wie möglich offenlassen«, diesen Satz hörte Christian ihn öfter sagen. Aber jetzt galt es, Reinhardts Eindrücke von den Geschehnissen zu lesen.

Lieber Herr von Otten,

ich darf versichern, Leon Rincke ist bei dem Bridgenachmittag von Gräfin zu Hasten eines unnatürlichen Todes gestorben. Zudem darf ich versichern, dass alles ärztlich Notwendige unternommen wurde, um das Leben des bedauernswerten Opfers zu retten.

Ich bin Arzt. Meine Aufgabe ist es, Leben zu retten, nicht Leben ein Ende zu setzen. Dafür lebe ich, das ist mein Leben, meine Berufung.

Auch wenn der Verstorbene anderer Meinung war und vielleicht auch Sie, ich bin der spielstärkste Spieler im Club. So habe ich auch gesehen, dass Herr Rincke einen Spielfehler begangen hatte, als er sich plötzlich an den Bauch fasste und vom Stuhl kippte. Natürlich habe ich versucht zu helfen. Leider musste ich schnell erkennen, dass hier bereits jede Hilfe zu spät kam. Ich habe eine Zusatzausbildung im Erkennen von Vergiftungen.

Was sollte ich tun? Dankenswerterweise hat Frau Dr. Krause mir den Tod des Herrn Rincke bestätigt.

Ich danke ihr, dass sie gleich gekommen ist. Natürlich wird es Fragen geben, wie das Gift in den Körper des Verstorbenen gekommen ist.

Ich erwarte, dass die Polizei ähnliche Fragen stellen wird. Ich befürchte, lieber Herr von Otten, dass Ihr diese Zettel bei der Polizei abgeben müsst, daher auch diese förmliche Formulierung.

Aber ich habe kein Motiv, ich bin Arzt und der bessere Bridgespieler.

»Meint Reinhardt wirklich, ich müsse diese Zettel abgeben«, war Christian etwas verärgert. »Ansonsten hätte es Reinhardt einfach gehabt, Leon zu vergiften. So fällt der erste Verdacht natürlich auf ihn. So dumm kann er eigentlich nicht sein, für das Gift verantwortlich zu sein. Oder etwa doch?«

Christian hatte jetzt von jedem eine erste Einschätzung. Er hatte nicht das Gefühl, hieraus bereits den Mörder oder die Mörderin überführen zu können.

Er blickte auf die Kontoauszüge von Leon. Das war ja richtig spannend. Nicht die üblichen Gehälter für seinen Nebenjob, auch wenn das im letzten Monat etwas niedriger ausfiel. Auch nicht die ganzen Abbuchungen für die verschiedenen Sachen, die man so zum Leben braucht. Interessiert stellte Christian auch ein paar Abbuchungen fest, die auf den Erwerb von Materialien für Bridgeunterricht hindeuteten. Nein, zu seiner Überraschung hatte Leon von Ursula 52.000 € erhalten und Mario 48.000 € überwiesen. Da würde er morgen interessante Telefonate zu führen haben.

Aber jetzt musste er sich um Maunzi kümmern, sie schlich schon die ganze Zeit um seine Beine, um ihn daran zu erinnern, dass sie Hunger hatte.

Katrin

Polizeikommissarin Katrin Kulina ließ sich in den Beifahrersitz des blauen Dienstwagens sinken. »Auch wenn wir beim Morddezernat sind, Alltag ist das nicht«, seufzte sie. »Ja richtig, heute wäre eigentlich Wochenende gewesen«, stimmte der Fahrer, Polizeioberkommissar Klaus Trigut, zu. »Obwohl mir die Lust am Wochenende gründlich vergangen ist«, ergänzte Klaus. »Mir auch, ich bin heute das erste Mal direkt mit einer Leiche konfrontiert worden. Mir ist immer noch schlecht«, sagte Katrin und atmete tief ein und aus. »Dafür hast du das aber gut gemacht, Küken«. »Nenn mich nicht Küken«, gab Katrin eher scherzhaft zurück. »Ich bin doch schon etwas über ein Jahr bei euch. Aber auf der Polizeihochschule habe ich den Umgang damit einfach nicht gelernt.« Ihr Kollege sprach beruhigend auf sie ein: »Das kann man auch nicht lernen. Entweder man kann die Situation oder auch nicht. Jeder Fall ist anders. Aber du hast das super hinbekommen, hast ja schon erste Gespräche geführt. Hast du denn schon einen Verdacht?« Katrin antwortete: »Noch überhaupt nicht. Ich hoffe ja, dass die Spurensicherung noch etliches findet, und vielleicht auch die Gerichtsmedizin. Aber soweit lege ich mich fest. Das Opfer ist nicht eines natürlichen Todes gestorben. Ich denke, wir werden dann am Montag auf unserer Dienstbesprechung klären, wer denn mit wem Gespräche führen darf.« Klaus schaltete einen Gang höher und bemerkte trocken: »Ja, der Gerichtsmedizin steht ein arbeitsames Wochenende bevor. Aber ich kann dir bei dem Urlaub- und Krankenstand schon mal sagen, wer die Gespräche führt. Wir beide.« Katrin seufzte. Ihr Kollege war mit seinen zirka 50 Jahren ein alter Hase. Er war damit etwa 20 Jahre älter als sie und seine Berufsjahre bei der Polizei waren auch mehr als 20 Jahre mehr als ihre zwei Jahre. Wenn man die Zeit bei der Polizeihochschule nicht mitrechnet, und das wollte sie eigentlich nicht.

»Du kannst so einfühlsam sein«, wurde sie von ihrem Kollegen wieder in die Realität zurückgeholt. »Ich weiß, was du sagen willst«, seufzte Katrin. »Du möchtest, dass ich gleich mit den Eltern von Leon Rincke, dem Opfer spreche.« »Genau, auch das lernt man nie wirklich.«

Viola

Sie hielten in einer netten Vorortsiedlung. Ein Einfamilienhaus mit kleinem Garten stand neben dem nächsten, und sie sahen alle gleich aus. »Nummer sieben«, sagte Klaus verlegen, als sie mit ihrem Dienstwagen hielten. Katrin klingelte, eine Frau um die fünfzig mit blondgefärbten schulterlangen Haaren und einem eleganten grünen Anzug öffnete ihr die Türe. »Sie wünschen«. Katrin zeigte ihre Dienstmarke. »Ich bin Polizeikommissarin Kulina vom Morddezernat Bielefeld und das ist mein Kollege Polizeioberkommissar Trigut.« »Das kann ja jeder behaupten«, antwortete die Frau kühl. »Ich werde die richtige Polizei informieren.« »Wir warten draußen«, reagierte Katrin freundlich aber bestimmt. »Blaulicht und Uniform hätten das zwar jetzt vereinfacht, aber hier ist die Zivilmontur besser«, dachte Katrin. Mehrere Minuten passierte nichts, aber dann kam die Frau zurück, sichtlich nervös. »Kommen Sie bitte herein und entschuldigen Sie mein Misstrauen.«

»Das haben Sie gut gemacht«, lobte Katrin die Frau. Sie wurden in die Wohnküche geführt, am Herd lehnte ein Mann und schaute die beiden Polizisten misstrauisch an. Er hatte einen blauen Trainingsanzug an und wirkte in ihm wie ein Sportlehrer. Katrin schätzte ihn auf knapp sechzig. »Sie sind sicher Herr Rincke«, eröffnete Katrin das Gespräch. »Ja, der bin ich«, antwortete er knapp. »Setzen Sie sich bitte«, sagte Katrin zu dem Ehepaar, was zögerlich dieser Aufforderung nachkam. Katrin atmete noch einmal durch. »Ich habe schlechte Nachrichten für Sie. Ihr Sohn Leon ist heute tot aufgefunden worden.« Ein kurzer Moment war völlige Stille in der Küche. »Das kann nicht sein. Das muss ein Irrtum sein«, schrie dann die Mutter von Leon. »Leon war heute Nachmittag beim Bridgespielen. Bei Gräfin zu Hasten.« »Das ist richtig«, bestätigte Katrin leise. »Leon ist dort aus bisher nicht geklärter Ursache zu Tode gekommen.« »Was heißt nicht geklärt?« fragte der Vater gepresst. »Wir können Fremdverschulden nicht ausschließen«, erklärte Katrin den Eltern. »Können wir denn unseren Sohn noch einmal sehen?« fragte der Vater zu Katrins Überraschung ruhig. »Sicher, wir werden deshalb auf jeden Fall auf Sie zukommen. Können wir denn im Moment irgendetwas für Sie tun?« sprach Katrin weiter. »Wir wissen, dass Sie jetzt vielleicht die schwerste Zeit in Ihrem Leben durchmachen. Wir können Ihnen psychologische Unterstützung zukommen lassen.« Katrin überreichte den Eltern zwei Visitenkarten, einmal ihre eigene, einmal die von ihrem Kollegen. »Wir werden uns noch einmal mit Ihnen in Verbindung setzen müssen«, fuhr Katrin fort. »Wir sind, wie Sie sicher auch, natürlich daran interessiert, zu erfahren, wie Leon zu Tode gekommen ist. Ich versichere Ihnen, wir werden alles daransetzen, den Tod Ihres Sohnes aufzuklären.«

»Wir würden jetzt gerne alleine sein«, bestimmte Frau Rincke.

»Das hast du gut hinbekommen«, lobte Klaus Katrin, als sie von der Siedlung zurück in das Polizeipräsidium fuhren. »Für heute ist Feierabend«, Klaus parkte die Limousine noch ein.

Katrin setzte sich in ihren Ford und schaltete das Radio auf laut. Sie versuchte abzuschalten, aber es gelang ihr nicht. Das Bild des toten Leon, das Gespräch mit den Zeugen am vermutlichen Tatort. Das Gespräch mit den Eltern. Wenn das nicht besser werden würde, müsste sie selbst am Montag auch einen Termin mit dem Polizeipsychologen vereinbaren.

Sonntag

Christian

Christian versuchte einzuschlafen. Immer wieder kam ihm Leon mit seinen leeren Augen in den Sinn. Aber irgendwie schaffte er es doch einzuschlafen. Ein Monster kam auf ihn zu: »Finde mich, ansonsten bist du der Nächste.« »Wage es nicht, mich anzufassen«, warf Christian der Kreatur entgegen. Er konnte überhaupt nicht erkennen, wie sein Gegner aussah. Er war so seelenlos. »Ich rufe die Polizei«, rief Christian tapfer. »Ach die Polizei«, blecherte das Monster. »Du weißt doch ganz genau, dass du dich nicht auf sie verlassen kannst. Ich werde ungestraft davonkommen, während Leon gerechterweise getötet wurde.« »Es gibt keine gerechte Tötung«, versuchte sich Christian an einer Diskussion mit seinem Gegenüber. »Das interessiert mich jetzt weniger«, krächzte das Monster. »Und du hörst jetzt auf, hinter Leuten her zu schnüffeln, sonst ergeht dir das gleiche Schicksal wie Leon.« Der Raum wurde kalt und Christian konnte einen fauligen Geruch wahrnehmen, das Schwarz des Monsters kam immer näher auf ihn zu. Christian schrie laut auf und erwachte. Nur ein Albtraum, stellte er erleichtert fest. Christian schüttelte sich. So einfach würde es der Mörder nicht haben. Er durfte jetzt nicht zurückweichen. »Ich werde Leons Mörder finden«, gab er sich selbst ein Versprechen und schloss die Augen. Überraschend schnell gelang es ihm, in einen traumlosen Schlaf zu fallen.

Am späten Vormittag, so gegen zehn Uhr wachte er dann auf, etwas gerädert, aber voller Tatendrang.

Ursula

Bei seinem Morgenfrühstück betrachtete er noch einmal die Kontoauszüge. Was ist da los gewesen? Wieso hat Leon hier mit so hohen Summen jongliert? Er beschloss, als erstes Ursula anzurufen, um hier schon einmal die erste Version zu erhalten. »Schön, dass du anrufst, Christian. Es war ganz schrecklich. Überall plötzlich Polizisten und dann haben sie Leon eingepackt und mitgenommen. Wir konnten alle nicht viel sagen. Ich selber stand unter Schock wie wohl die anderen auch. Um das ganze Haus nur Fahrzeuge mit Blaulicht. Die Nachbarn müssen noch nicht einmal Zeitung lesen. Christian, du kannst dir gar nicht vorstellen, wie schockiert ich immer noch bin.«»Ursula«, versuchte Christian zu ihr vorzudringen. »Ich weiß, dass der gestrige Tag richtig anstrengend für uns war, aber ich hätte noch ein paar Fragen.«»Du meinst, was wir mit den Eltern von Leon machen. Christian, die armen Eltern. Ich glaube, Leon war das einzige Kind der beiden. Ich habe keine Ahnung, was wir für die Eltern noch tun können.«»Ich auch nicht«, brummte Christian. »Ich glaube, in so einer Situation kann man für sie nichts mehr tun. Ich hoffe, sie können es irgendwie überwinden.«»Ich dachte so«, versuchte Ursula ihre Gedanken weiterzuspinnen. »Erst einmal müssen wir natürlich den Täter von Leon finden, wenn es Mord war«, unterbrach Christian sie in ihren Gedanken. »Und ich habe auch schon erste Anhaltspunkte, wo ich anfangen kann.«»Aber das ist ja großartig«, sagte Ursula. »Ich weiß nicht, ob du so begeistert wegen meiner ersten Recherche bist«, antwortete Christian vorsichtig. »Ich habe Gelegenheit gehabt, mir die Kontoauszüge anzuschauen. Und da finde ich zu meiner Überraschung einen Zahlungseingang von 52.000 € von dir. Möchtest du mir dazu etwas sagen?« Stille. »Ich verstehe das wirklich nicht, Ursula.«»Er hat versprochen, das Geld gut anzulegen. Momentan bekomme ich ja keine Zinsen bei der Bank. Da kann ich es auch

Leon anvertrauen. Ich habe ja nur eine überschaubare Summe investiert.«»Ja, aber nicht unproblematisch«, gab Christian zu bedenken. »Was, wenn Leon eröffnet hätte, dass er die Summe nicht zurück zahlen könne.«»Christian, das ist jetzt aber albern«, entrüstete sich Ursula. »Deswegen hätte ich niemanden umgebracht. Glaub mir, eine Gräfin bekommt ihr Geld zurück. Und noch etwas Christian. Du meinst doch hoffentlich nicht, dass ich deswegen zulasse, dass mein ganzes Haus in Verruf gezogen wird. Das kann ich mir nicht leisten und ich bin sehr enttäuscht von dir, dass du so etwas von mir denkst.«»Mach mal einen Punkt«, unterbrach Christian sie. »Erstens verdächtige ich dich gar nicht, sondern ich versuche, Fakten zu sammeln. Zweitens musst du zugeben, dass ein solches Verhalten nicht wirklich typisch ist für Bridgefreunde. Und Ursula, ich bin mir sicher, ich werde nicht der einzige sein, der dir diese Fragen stellt.«

Katrin

»Leon«, stöhnte Katrin im Schlaf und wälzte sich. Katrin wurde unsanft von ihrem Mann Andreas geweckt. »Was ist?«, fragte Katrin, langsam zu sich kommend. »Wer ist Leon?«, fragte Andreas sichtlich irritiert. »Nicht, was du denkst«, versicherte Katrin schnell. Sie hatten am Abend nur eine Quizsendung gesehen, ohne dass Katrin über den Einsatz geredet hätte. »Was denke ich denn? Soweit ich weiß, sind wir glücklich miteinander«, gab sich Andreas versöhnlich. »Sind wir auch«, hauchte Katrin. »Aber ich denke, Leon muss ich dir erklären.«»Sehe ich auch so.«»Ich habe dir ja gar nicht von gestern Nachmittag erzählt. Ich hoffte, ich könnte komplett abschalten und dachte, mit Fernsehberieselung geht es am besten.« Andreas nickte stumm. »Wir wurden zu einer Leiche gerufen, Andreas. Ein junger Mann. Ich dachte, ich wäre darauf vorbereitet. Wir hatten so eine Situation immer mit Puppen oder mehr oder minder schlechten Schauspielern geprobt, das war aber eher lustig. Aber das gestern war ernst. Die Leiche war echt.«»Andreas streichelte ihr über die Haare. »Ich hatte gedacht, ich könne das besser wegstecken. Vor allem, wenn ich etwas komplett anderes mache. Abschalten war das Gebot der Stunde, zumindest habe ich es versucht. Weißt du, was das Schlimmste war, Andreas?« »Nein«, hörte Andreas weiter zu. »Vermutlich wurde der Junge getötet. Und dann habe ich mit Sicherheit nicht nur die Leiche gesehen, sondern auch den dazugehörenden Mörder.«»Den musst du ja sowieso fangen«, bemerkte ihr Mann. »Ja natürlich, aber es kommt mir jetzt erst alles.«»Ich verstehe.«»Und ich musste den Eltern die traurige Nachricht überbringen«.»Das ist hart und Leon?«»Leon ist der Name des Jungen«, antwortete Katrin leise. »Ich hatte gehofft, dich nicht damit zu behelligen. Ich habe ja sowieso eine Schweigepflicht. Der bin ich aber im Schlaf nicht ganz nachgekommen. Jetzt bin ich aber ein wenig wach. Katrin schmiegte sich an ihrem Mann und streichelte ihn über seinen Schlafanzug. »Wie spät ist es denn«, fragte sie. »1:30«, antwortete Andreas. »Da wird kein Kind aufwachen«, hauchte Katrin. »Ich will mich immer noch ablenken«, grinste sie. »Hier oder auf dem Sofa?«

Die zweite Hälfte der Nacht schlief Katrin tief und fest. Sie nahm zur Kenntnis, wie ihr Mann mit ihren zwei Kindern Marius und Sina das Frühstück machte. Gleich würde Marius kommen und sie wecken. Und sie würde überrascht tun. »Ist das Frühstück schon fertig. Da wart ihr aber fleißig.«

Sie schaltete das Radio ein, es war kurz nach zehn Uhr: »eine männliche Leiche gefunden worden. Zur genauen Todesursache wollte die Polizei zum jetzigen Zeitpunkt keine Angaben machen. Fremdverschulden könne aber nicht ausgeschlossen werden, so Polizeisprecher Müller.«

»Da haben wir die Presse ja auch schon«, sagte Katrin etwas gedankenverloren. »Warum die Presse«, fragte der siebenjährige Marius. »Ich war noch in meinen Träumen«, antwortete Katrin.

Sieben war jetzt noch nicht das Alter, wo man verstehen konnte und sollte, was seine Mutter gerade macht. »Wir machen jetzt gleich noch einen Spaziergang durch den Oetkerpark.«

Christian

Mario

Er wusste nicht so recht, wie er das Gespräch mit Ursula einordnen sollte. Aber es klang plausibel. Er konnte sich auch wirklich nicht vorstellen, dass Ursula für den Mord verantwortlich sein sollte.

Er wählte die Nummer von Mario. »Ich bin es, Christian.« »Schön von dir zu hören. Hast du dich von dem Schock gestern erholt?« fragte Mario. »Ja, so halbwegs, obwohl der Schock müsste bei euch ja größer gewesen sein. Ihr wart mit dabei, als Leon gestorben ist. Ich bin erst gekommen, als er schon tot war. Was schätzt du, natürlicher Tod, Unfall oder Mord?« näherte sich Christian seinem Anliegen an. »Ich bin mir irgendwie sicher, es war Mord. Die anderen beiden Möglichkeiten sind noch unwahrscheinlicher«, gab Mario seine Einschätzung bekannt. »Da stimme ich mit dir überein«, stimmte Christian zu.

»Bei so viel Übereinstimmung bist du nicht auch der Meinung, dass 48.000 € für ein Motiv ausreichen?« Christian konnte sich Mario förmlich vorstellen, wie sein schmales Gesicht noch schmaler wurde und wie Mario ein wenig kleiner wurde als die 1,70, auf die ihn Christian schätzte. Gespannt wartete Christian auf eine Antwort. Sekunden verstrichen. »Nein«, kam letztendlich aus der anderen Seite der Leitung. »Nein«, bohrte Christian nach. »Es gab schon Morde für deutlich weniger Geld.« »Ich weiß«, seufzte Mario. »Ich weiß zwar nicht, woher du die Information hast, aber ja, Leon hat mir 48.000 € geliehen. Aber das ist kein

Motiv, Christian.« »Weshalb hat er sie dir denn gegeben?« »Ich brauchte eine Zwischenfinanzierung, weil ich mich von Jutta getrennt habe und der Kredit über die gemeinsame Wohnung läuft über mich«, erklärte Mario »Wohnt Jutta denn noch in eurer Wohnung?« »Nein natürlich nicht, wir haben uns ja getrennt.« Mario war sehr erregt. »Dann wird ihr Interesse an der Wohnung eher übersichtlich sein«, gab Christian zu bedenken. »Mag sein, aber das macht mich noch lange nicht zum Verdächtigen«, verteidigte sich Mario. »Ich hatte noch so viel Zeit, um Leon die Schulden zurückzuzahlen.« »Dann wirst du das jetzt vermutlich den Eltern von Leon zurückzahlen müssen«, mutmaßte Christian. »Warum dieses«, fragte Mario irritiert. »Umgekehrte Erbfolge«, erklärte Christian. »Vermutlich werden die Eltern ihn beerben müssen.« »Darüber habe ich mir wirklich noch keine Gedanken gemacht«, gab Mario zu. »Das ging alles viel zu schnell und ist viel zu frisch. Ich habe das ja noch gar nicht verarbeitet.« »Wie wir alle«, unterbrach Christian. »Aber du verzeihst, dass ich mich wundere.« »Ja natürlich. Aber würde der Verdacht nicht sowieso recht schnell auf mich fallen, wenn herauskommt, dass Leon mir so viel Geld überwiesen hat?« fragte Mario. »Da hast du recht«, stimmte Christian zu. »So blöd bin ich nun wieder auch nicht«, lächelte Mario durch das Telefon. »Wenn du weißt, woher auch immer, dass Leon mir so viel Geld geliehen hat, wirst du auch wissen, dass Leon mir das Geld überwiesen hat. Da kann ich ihn doch nicht bei so einem Bridgeturnier um die Ecke bringen. Dann fällt der Verdacht doch gleich auf mich.« »Stimmt«, sagte Christian zustimmend. »Aber ich denke, das wirst du der Polizei erklären müssen.« »Muss ich das wirklich«, schluckte Mario. »Ich meine, so etwas wirft ja ein schlechtes Bild auf mich.« »Schlechtes Bild und Mörder ist aber etwas komplett anderes. Aber ja, ich denke, du kommst nicht darum herum«, wollte Christian die Befragung jetzt beenden. »Meinst du, wir können nächste Woche wieder Bridge spielen?«, wechselte Mario aber etwas überraschend das Thema. »Das überlege ich mir, wenn ich den Kopf dafür frei habe«, antwortete Christian. Daran hatte er noch überhaupt nicht gedacht. Bislang hatte er aber keine Idee, wie er dieses Problem lösen würde.

Aber auch Mario wirkte vertrauenswürdig. Vermutlich würde man wegen dieses Betrages wirklich keinen Menschen umbringen. Aber so richtig sicher war sich Christian nicht. Er musste diese Spur weiterverfolgen.

Sandra

Christian setzte sich in seinen Sessel und öffnete eine Weinflasche. Ein guter Wein, so hoffte er, würde ihm ein paar Intuitionen liefern. Er schaltete den Fernseher ein und hoffte auf eine Eingebung. Er schloss die Augen und hörte der Dokusoap nur halb zu.

Das Telefon weckte ihn von seinem Dösen. »Hier ist Sandra«, meldete sich die andere Stimme am Telefon. »Hallo Sandra«. »Hast du denn schon den Mörder gefunden?« fragte sie. »Nein, natürlich hat noch niemand gestanden«, brummte Christian. »Aber hast du denn schon wenigstens einen Verdacht? Irgendjemand muss doch dafür verantwortlich sein, dass Leon«. Weiter kam Sandra nicht, Christian konnte hören, wie sie eine Heulattacke bekam. Christian wartete eine Weile und sagte dann sanft: »Du hattest Leon sehr gerne, nicht wahr.« »Ja«, schluchzte Sandra. »Und ich denke, er hatte mich auch gerngehabt.« »Meinst du wirklich?«, fragte Christian etwas unsensibel. »Ja«, antwortete Sandra bestimmt. »Ich kannte ihn viel besser als jeder von euch. Wirklich. Wie er immer versucht hat, mir die Finessen des Bridgespiels näher zu bringen.« »Darum geht es jetzt aber leider weniger«, unterbrach Christian sie. »Wenn Leon eines unnatürlichen Todes gestorben ist, und davon gehe ich erst einmal aus, dann muss ich den Mörder von Leon finden.« »Müssen wir den Mörder von Leon finden«, verbesserte Sandra. Christian wusste nicht, wie er Sandra abschütteln könnte. Er konnte jetzt wirklich nicht mit ihr zusammenarbeiten. »Bist du denn in der Lage, wirklich neutral zu sein?« fragte Christian. Ein klares überzeugendes Ja war am Telefon zu hören. »Aber momentan brauche ich dich nicht, Sandra. Ich hatte schon ein paar gute Gespräche und muss darüber nachdenken.«»Sagst du mir Bescheid, wenn ich helfen kann?« bohrte Sandra weiter. »Ja sicher«, sagte Christian und beendete das Gespräch.

Christian war im Zwiespalt. Natürlich war Sandra attraktiv und er hätte sie gerne als Mitstreiterin. Aber eine mahnende Stimme in ihm sagte ihm, er könne nicht mit einer potentiell Verdächtigen zusammenarbeiten.

Christian fuhr noch einmal seinen PC hoch, um seine Emails abzurufen. Er rief seine Emailadresse ChristianvonOtten@gmx.de auf. Neben ein paar Werbemails war noch eine E-Mail von Hans.

Hallo Christian,
ich bin wie alle anderen noch völlig neben mir. Ich hoffe, das kann alles schnell aufgeklärt werden. Ich weiß, es ist pietätlos, aber wir sind morgen zum Tennis verabredet. Bleibt es dabei?
Gruß
Hans

Christian überlegte kurz. Eine Partie Tennis konnte nicht schaden. Und so antwortete er kurz und knapp: *Ja*

Montag

Katrin

Der Wecker klingelte früh. Katrin wusste, der Tag heute würde anstrengend werden wie die ganze Woche. »Lieb von dir, dass du die Kinder heute zur Schule und zum Kindergarten bringst«, sagte sie zu ihrem Mann und gab ihm einen flüchtigen Kuss. »Ich werde heute doch etwas früher im Präsidium sein. Da warten vermutlich schon etliche neue Informationen auf mich«, verabschiedete sie sich.

»Guten Morgen Klaus. Auch schon so früh hier?«, begrüßte sie ihren Kollegen. »Sicher, so einen Mord haben wir ja auch nicht alle Tage. Ich bin schon eine ganze Weile in dem Laden, aber im Normalfall haben wir nach einem Mord auch gleich einen Täter. Tätersuche wie hier ist eher die Ausnahme. Gleich werden wir mehr erfahren. Aber wenn du schon mal deine Emails öffnest, die Pathologie hat ihren vorläufigen Bericht fertig gestellt. Wie wir vermutet haben. Es war Mord. In etwa dreißig Minuten ist Teambesprechung.«

Ihr gemeinsamer Chef, Polizeioberkommissar Volker Telge, eröffnete die Sitzung. »Ich hoffe, ihr seid alle gut erholt vom Wochenende. Wie ihr vermutlich alle schon wisst, haben wir einen Mordfall. Leon Rincke, 27 Jahre, Soziologiestudent an der Universität Bielefeld, noch bei den Eltern wohnend. Wir wissen, dass er am Samstagnachmittag vergiftet wurde. Wir konnten hier die Vergiftung sowohl in seinem Körper als auch auf seinem Stück Kuchen nachweisen. Leider konnte das Labor noch nicht nachweisen, um welches Gift es sich genau gehandelt hat. Hier handelt es sich offenbar um einen Giftmix. Daher haben wir die Kuchenreste nach Münster geschickt. Ich hoffe, euch schnell neue Erkenntnisse zukommen lassen zu können.«»Das heißt, jemand muss dieses Stück Kuchen präpariert haben«, bemerkte Katrin. »Genau, Frau Kollegin, von alleine kommt das Gift ja nicht in den Kuchen. Das Ganze muss auch gezielt gemacht worden sein, weil nur dieses Stück Kuchen betroffen ist«, fuhr ihr Chef fort. »Damit haben wir eine ganz vernünftige Datenlage. Zunächst würde ich davon ausgehen, dass einer der sieben bei dem Tod anwesenden Personen für den Anschlag verantwortlich zeichnet«, analysierte Klaus. »Mit dieser Arbeitshypothese können wir sicher leben«, stimmte Volker zu. »Jetzt gibt es einige Aufgaben zu verteilen. Wir erwarten heute mehrere der am Samstag anwesenden Personen hier im Präsidium. Zusätzlich muss der Tatort noch einmal inspiziert werden. Wir gehen hier nicht von vielen neuen Erkenntnissen aus, da wir den Tatort bereits gut dokumentiert haben. Zudem müssen wir auch das Elternhaus etwas genauer unter die Lupe nehmen. Vielleicht findet sich dort auch etwas über das Motiv. Ich weiß, wir sind momentan alle gut ausgelastet, aber wer kann denn die beiden, Klaus und Katrin, ein wenig bei der Arbeit unterstützen?« Volker schaute nach seiner Ansprache in die Runde. Mandy meldete sich. »Ich kann die ein oder andere Befragung mit durchführen.« Mandy war gerade in die Abteilung gekommen und suchte geradezu nach Aufgaben und Bestätigung. »Sonst noch jemand«, hakte Volker nach. »Ich hatte ja wider besseren Wissens gehofft, dass in meiner Abteilung so etwas wie freie Ressourcen übrig wären«, seufzte er. »Und beeilt euch bitte. Die Presse ist neugierig und die können wir jetzt wirklich nicht gebrauchen. Ich versuche, euch aus der Schusslinie zu nehmen.«, kam Volker zu einem Punkt. Gerade in diesem Moment klingelte das Handy von Volker. Er nahm ab. »Ja bitte. Ja, wir stellen jemand dafür bereit«, hörte Katrin. »Katrin, eine Frau Krause möchte uns sprechen, wegen dem Mordfall. Nimm dir für die Unterredung Mandy mit.«

»War noch etwas Wichtiges auf der Sitzung, als wir weg waren«, erkundigte sich Katrin eine Stunde später bei Klaus.

»Nicht wirklich, Volker hat persönlich Unterstützung angeboten, wenn wir bei dem Fall nicht weiterkommen. Meike ist wohl länger krank und wir beide sind erst einmal von allen anderen Aufgaben freigestellt. Also nichts Besonderes. Und bei dir«, antwortete Klaus. »Ich hatte eine richtig alte Zeugin. So richtig hat sie mir aber auch nichts sagen können. Sie hat mir erklärt, dass sie als Ärztin durchaus in der Lage sei, erste Hilfe zu leisten. Aber bei Herrn Rincke war offenbar alles zu spät. Sie kommt als Täterin wohl eher weniger in Betracht. Aber sie hat mir etwas anderes Spannendes erzählt«, berichtete Katrin. »Schieß los«, zeigte sich Klaus ungeduldig. »Noch vor unserem Eintreffen, aber nach dem Mord ist offenbar der Leiter dieses Kartenspielclubs vorbeigekommen. Und auch wieder gegangen, bevor wir eingetroffen sind«. »Ist ja seltsam«, kommentierte Klaus. »Lass uns noch einmal zum Tatort fahren«, schlug Katrin vor.

Ursula

»Guten Tag, Frau Gräfin. Dürfen wir noch einmal reinkommen?« »Ja sicher«, kam es am anderen Ende der Gegensprechanlage. »Ich habe noch gar nicht die Zeit gehabt, alles aufzuräumen«, entschuldigte sich Ursula, als sie die beiden Polizisten in ihre Villa gelassen hatte. »Wir wollen uns noch einmal ein Bild vom Tatort machen«, erläuterte Katrin. »Und wir haben natürlich ein paar Fragen an Sie.« »Aber ich habe doch schon alles beantwortet«, protestierte Ursula. »Trotzdem«, beharrte Katrin. »Sie wissen ja, beim ersten Mal fällt einem nicht gleich alles ein. Und jetzt, nachdem Sie zweimal über das Ganze schlafen konnten, fällt Ihnen vielleicht etwas ein, was wir verwenden könnten?« »Wie Sie wissen, hat Leon hier gesessen«, gab sich Ursula einen Ruck. Sie führte die beiden Polizisten noch einmal in das große Wohnzimmer und zeigte auf einen Stuhl. Der Tisch, an dem Leon saß, war in der Ecke gewesen, Leons Stuhl zeigte hier in Richtung Zimmerinneres.

»War jemand einmal alleine in dem Raum«, bohrte Katrin weiter. »Woher soll ich das denn wissen?« ereiferte sich die Gräfin. »Aber ich denke schon. Ich musste doch meinen Bridgefreunden auch meine Gemäldesammlung zeigen. Da haben sich die Spieler dann etwas verteilt. Wollen Sie das Zimmer auch einmal sehen?« »Ja bitte«, nahm Katrin die Einladung an. »Sie interessieren sich gar nicht so sehr für die Bilder«, tadelte Ursula die beiden Polizisten, die den Raum absuchten und von der Sammlung immer wieder in verschiedene Richtungen blickten. »Entschuldigen Sie bitte«, beschwichtigte Katrin. »Aber wir interessieren uns tatsächlich mehr für die Möglichkeit, die es für einen Mörder gibt, ungesehen zu sein. Wir sind hier im Dienst. Anderes Thema. Wissen Sie, wer ein Motiv gehabt haben könnte, Herrn Rincke umzubringen?« Ursula schaute erstaunt. »Sie stellen ja die gleichen Fragen wie Christian. Leon war so ein netter Kerl. Niemand wird Interesse daran gehabt haben, ihn umzubringen. Nein, ich habe keine Ahnung.« Katrin spürte, dass sie irgendetwas verschwieg, aber sie konnte es nicht festmachen. »Wer ist denn dieser Christian«, fragte sie stattdessen. »Christian ist unser Vorsitzender und es ist seine Pflicht, diesen Mord aufzuklären. Schließlich ist es beim Bridgespiel passiert«, antwortete Ursula voller Überzeugung. »Arbeitet Christian bei der Polizei«, tastete sich Katrin vorsichtig heran. »Nein natürlich nicht«.

»Frau Gräfin zu Hasten«, mischte sich jetzt Klaus ein, der bislang die komplette Unterhaltung Katrin überlassen hatte. »Ich glaube, wir müssen einmal ganz deutlich werden. Es ist nicht die Aufgabe von irgendwelchen Clubvorständen, schwere Straftaten in Eigenregie aufzuklären. Das ist alleine unsere Aufgabe.« Katrin ergriff wieder das Wort, als sie das erschrockene Gesicht von Ursula sah. »Eine letzte Bitte habe ich noch an Sie. Können wir bitte die Kontaktdaten von diesem Christian haben?«

Christian

»6:3 im dritten Satz, ich habe gewonnen«, sagte Christian völlig außer Atem, nachdem er Hans im letzten Satz niedergerungen hatte. »Vielleicht war ich einfach nicht konzentriert genug«, erwiderte Hans. »Das hat mich doch alles sehr mitgenommen.« »Nichts da«, lachte Christian. »Du hast immer eine Ausrede, mal zu viel Arbeit, mal zu wenig Arbeit, mal unausgeschlafen.« »Aber das ist jetzt wirklich etwas anderes«, protestierte Hans. »Da hast du recht, aber ich habe das gleiche Handicap. Ist dir noch etwas aufgefallen, was helfen könnte, den Mörder von Leon zu finden, wenn es denn Mord war? Davon gehe ich aber aus«, fragte Christian. »Nicht mehr, als das, was ich dir schon gesagt habe«, keuchte Hans. »Sandra hat schöne Augen gemacht, aber das reicht vermutlich nicht vorne und nicht hinten. Vielleicht war es auch irgendein Fremder.« »Kann auch sein«, stimmte Christian zu. »Obwohl, das glaube ich weniger. Wie ich aber alles nicht glaube, was irgendwie möglich ist. Gruß an Jaqueline von mir.« »Danke, bis zum nächsten Mal.«

Christian schaute dem Sportwagen hinterher. Mag sein, dass Hans ein sportlicheres Auto als er fuhr, besser Tennis spielen konnte er zumindest. Es war an der Zeit, nach Hause zu gehen und einen Plan zu erstellen, wie der Tod von Leon aufgeklärt werden würde.

Sein Anrufbeantworter zeigte ihm eine neue Nachricht. »Ich bin es, Ursula. Die Polizei war schon wieder hier und hat ganz viel gefragt. Vor allem aber wollte sie deine Adresse haben und ich habe sie ihnen gegeben. Ich hoffe, das war richtig. Man muss ja mit der Polizei zusammenarbeiten.« Christian schüttelte den Kopf. »Eher weniger. Aber was soll Ursula auch machen, wenn die Polizei fragt«, sprach er mehr zu sich selbst. Aber um das Problem würde er sich später kümmern. Jetzt ist es an der Zeit, sich mit einem weiteren Verdächtigen auseinanderzusetzen. Aber er konnte sich auch nicht vorstellen, dass Otto ein Mörder war. Flüchtig streichelte er Maunzi über den Rücken, die um ihn schlich.

Otto

Christian öffnete die Homepage der Schule, an der Otto Lehrer war. Er erwartete nicht, hier etwas zu finden, aber ein blindes Huhn findet auch ab und zu ein Korn, erinnerte er sich an ein Sprichwort. Demnach würde ein sehendes Huhn wie er sicher auch Hinweise finden. Er stellte zu seiner Überraschung fest, dass die Schule in zwei Wochen ein größeres Ehemaligentreffen auf die Beine stellen würde. Vielleicht wäre das ja ein Ansatzpunkt. »Hallo Otto, hast du denn heute keine Schule. Ich bin überrascht, dich so früh am Telefon zu erwischen. Ich hatte es einfach probiert.« »Montag habe ich immer zwei Stunden«, erklärte Otto. »Und so bin ich jetzt wieder zu Hause.« »Hübsch«, sagte Christian, »ich bin immer noch am Nachdenken, wer denn Leon umgebracht haben könnte.« »Wer von uns ist das nicht?«, gab Otto zurück. »Eure Schule hat in Kürze Ehemaligentreffen, genau in schon zwei Wochen in eurer Aula,« gab Christian sein gerade erworbenes Wissen gleich weiter. »Ich weiß«, brummte Otto. »Du bekommst ja alles heraus. Du bist ja schlimmer als die Polizei.« »Das war jetzt wirklich nicht schwer«, erklärte Christian. »Ein Blick auf eure Homepage hat genügt, um das herauszufinden. Und meine nächste Frage kannst du dir vermutlich schon denken.« »Ja«, gab Otto sich geschlagen. »Leon wollte natürlich zu dem Treffen kommen, und nein, ich habe mich nicht auf Leon gefreut und nein, das ist auch kein Motiv.« »Aber warum hast du dich denn nicht darauf gefreut? Solche Treffen sind doch normalerweise ganz nett«, bohrte Christian weiter. »Aber ich und Leon hatten nicht den besten Draht und ich hatte die Befürchtung,

Leon könnte auf dem Treffen auf alten Kamellen herumkauen«, antwortete Otto. »Hört sich irgendwie harmlos an, solange die Kamellen harmlos sind«, blieb Christian am Ball. »Sind sie auch«, versicherte Otto schnell, für Christians Dafürhalten etwas zu hastig. »Darf ich trotzdem fragen, was das für Kamellen sind?«. »Darfst du natürlich, aber ich muss ja nicht antworten«, versuchte Otto. »Mir nicht?«, sagte Christian ruhig. »Was will das denn heißen, mir nicht«, regte sich Otto auf. »Nur weil Leon meinte, dass Emma ein Verhältnis mit mir hatte und deshalb zu ihrem Abitur kam, bin ich noch lange kein Mörder.« »Natürlich nicht«, beruhigte Christian ihn. »Das behauptet auch niemand. Außerdem wird Emma das selbst aus dem Weg räumen wollen.« »Das geht nicht«, erwiderte Otto leise. »Warum nicht?« »Emma ist vor zwei Jahren vor einen Zug gelaufen.« »Das tut mir leid«, wirkte Christian betroffen. »Vor zwei Jahren. Warum wollte Leon denn daraus eine große Sache machen?« »Weiß ich nicht«, antwortete Otto trotzig. »Vielleicht, weil er ein schlechter Mensch war. Obwohl man soll ja über Tote nichts Negatives sagen.« »Es ist mir egal, was du von Leon gehalten hast«, fuhr Christian fort. »Aber du wirst zugeben müssen, dass du nicht unglücklich bist, dass Leon nie wieder zu einem Schultreffen kommen wird. Otto, ich und vermutlich auch die Polizei suchen vermutlich einen Mörder, den Mörder von Leon. Da ist das Motiv eine zentrale Frage.« »Aber ich bitte dich, Christian«, entrüstete sich Otto. »Das ist doch vorne und hinten nicht ausreichend für einen Mord.« »Fakt ist aber, dass du und Leon nicht das beste Verhältnis hattet«, dozierte Christian. »Ich befürchte auch, Otto, dass die Polizei die Episode rund um Emma herausbekommen wird.« »Aber das geht niemanden etwas an«, schrie Otto ins Telefon. »Ruhig bleiben, Otto«, Christians Stimme war jetzt kaum noch zu hören. »Wenn es mir gelingt, vorher den Tod von Leon aufzuklären, kümmert sich die Polizei überhaupt nicht um Emma. Mich interessiert ja auch nur Leon. Hast du denn einen Verdacht?« »Nein, ich tappe da auch im Dunkeln. Wirst du denn der Polizei von unserem Telefonat erzählen?«, erkundigte sich Otto. »Nein Otto, ich glaube nicht, dass sie die Informationen richtig deuten. Ich melde mich«, beendete Christian das Telefonat. »Danke Christian.« Die Telefonleitung klickte, Otto hatte aufgelegt.

Christian blickte ratlos in seinem Zimmer herum. »Reicht das für ein Motiv«, fragte er sich. Warum wusste er so wenig von seinem Bridgeclub? Aber er konnte Otto nicht von der Liste der Verdächtigen streichen. Aber hauptverdächtig erschien er ihm auch nicht.

Katrin

Viola

»Lass uns noch bei Leons Eltern vorbeifahren. Das müssten wir noch schaffen«, sagte Katrin zu Klaus, als sie die Villa der Gräfin verließen.

»Wir sind es wieder«, stellte sich Katrin vor, als sie von Leons Mutter begrüßt wurden. »Sind Sie allein?« »Ja«, kam die Antwort von Leons Mutter. »Mein Mann ist arbeiten gegangen.« Katrin wartete, um die Mutter weiter zum Sprechen zu bewegen. »Er meint, er könne jetzt nicht einfach im Haus sitzen und einfach nichts machen. Daher ist er wieder in die Firma gefahren und wird dort wohl auch eine Weile bleiben. Auch vor der Sache mit Leon war er immer sehr viel arbeiten. Er meint, Überstunden lassen sich momentan nicht verhindern, er müsse auch mal an die Firma denken.« »Und Sie?«, fragte Katrin mitfühlend. »Ich kann das noch gar nicht so recht glauben«, fing Viola Rincke an zu schluchzen. »Leon ist, nein war immer so ein liebenswerter Junge. Immer hilfsbereit, eigentlich immer gut gelaunt und er wäre sicher ein guter Sozialarbeiter geworden.« »Warum«, hakte Katrin nach. »Weil er immer so sozial war und sich auf andere

Menschen eingelassen hat. Wissen Sie, schon zu Schulzeiten ist er zum Klassensprecher gewählt worden. Wir waren ja so stolz auf ihn. Warten sie ein wenig.«

Kurze Zeit später kam sie mit zwei Fotoalben zurück. Katrin seufzte innerlich. Ab und zu hat man halt auch die Aufgaben einer Psychologin, dachte sie sich, als die Mutter die Fotoalben vor den Ermittlern ausbreitete. Leon mit drei, Leon mit sieben, Leon mit elf. Es war unwahrscheinlich, dass hier ein Motiv zu finden war. Aber Katrin und Klaus hörten geduldig zu. Jetzt schien die Zeit gekommen zu sein, die trauernde Mutter zu unterbrechen und sie in Richtung des Verbrechens zu befragen. »Wissen Sie, wie Leon zu diesem Kartenspiel kam?«, fragte Katrin. »Er hat schon immer gerne gespielt«, erklärte die Mutter. »Vor drei vier Jahren war er auf der Spielewelt hier in Bielefeld und dort gab es einen Stand, wo das Spiel vorgestellt wurde. Leon hat sich aber das meiste selbst beigebracht. Dann hat er irgendwie mitbekommen, dass es hier diesen Bridge-Club gab. Er hat leider nie viel davon erzählt.«

»Und eine Freundin«, wechselte Klaus das Thema. »Hatte er eine feste Freundin?« »Aber nein«, wehrte die Mutter ab. »Dazu hatte er gar keine Zeit. Er musste ja studieren. In der Schulzeit, da hatte er mal die Safia, aber jetzt, nein.« Gar keine Zeit, dachte sich Katrin. Sie bezweifelte, dass Leon die ganze Zeit damit zugebracht hatte, zu studieren. »Können wir uns noch einmal das Zimmer von Leon anschauen?«, wechselte Katrin erneut das Thema. Die beiden Polizisten wurden eine Treppe hoch geführt und sie betraten das Zimmer von Leon. »Wir haben seit Samstag hier nichts mehr angefasst«, beteuerte die Mutter. »Das ist sehr aufmerksam von Ihnen«, lobte Katrin. Das Zimmer selbst wirkte schlicht, ein paar Bücher im Schrank, auf dem Schreibtisch stand etwas verloren ein Laptop. Leon schien zudem eine Leidenschaft für Kakteen zu haben, überall im Zimmer waren diese Pflanzen zu sehen. »Darf ich ein paar Fotos von dem Zimmer machen«, erkundigte sich Katrin, die

Mutter nickte zustimmend. »Wir hätten noch eine weitere Bitte. Wir würden gerne den Laptop mitnehmen. Vielleicht können wir dort Hinweise auf ein mögliches Motiv finden.«»Sie können ihn gerne mitnehmen, aber sie werden keine Hinweise auf ein Motiv finden. Mein Sohn war immer zu allen nett und freundlich.« Während Katrin noch über eine Antwort nachdachte, reagierte Klaus: »Es geht ja nicht nur darum, was Leon geschrieben hat, sondern auch um das, was ihm geschrieben worden ist. Das muss nicht nett und freundlich sein. Wir haben hier durchaus Hoffnung, dass der Laptop uns Informationen liefert.«»Das leuchtet mir ein«, nickte die Mutter. »Haben Sie irgendwelche Kenntnisse über Kennwörter in diesem Laptop«, fragte Katrin ohne große Hoffnung auf eine positive Antwort. »Nein, leider wissen wir überhaupt nicht, ob und wenn ja, welche Kennwörter Leon auf diesem Laptop gespeichert hat.« »Macht nichts, unsere Experten werden den Laptop schon zum Reden bringen. Wir wünschen Ihnen, soweit möglich, trotzdem einen schönen Tag«, verabschiedete sich Katrin von der Mutter.

»Was hältst du von der Familie?«, fragte Katrin auf dem Weg zum Präsidium. »Ich denke, trotz des Todes ihres Sohnes versucht die Frau, den schönen Schein zu wahren.«»Alles hat sie aber nicht erzählt«, gab Klaus seine Einschätzung ab. »Sehe ich ähnlich«, stimmte Katrin zu. »Ich glaube überhaupt nicht, dass ihr Leon ein Heiliger war und auch, dass seine Mutter das wusste. Aber wie auch immer, wir haben den Rechner bekommen.«

»In etwa einer Stunde kommt der Arzt ins Präsidium, der den Tod von Leon bestätigt hat«, stellte Katrin fest, nachdem sie kurz auf die Uhr geschaut hat. »Da sind wir beide wieder am Start, danach habe ich noch ein weiteres Gespräch«, sagte Katrin. »Ich nur das mit dem Arzt, danach habe ich frei«, antwortete Klaus und fuhr auf den Ostwestfalendamm auf.

Reinhardt

Anwesend: Polizeioberkommissar Klaus Trigut, Polizeikommissarin Katrin Kulina sowie Dr. Reinhardt Runen, gehört als Zeuge in dem Mordfall Leon Rincke.

K.T: Wir haben Sie eingeladen, weil wir den Tod an Leon Rincke aufklären wollen. Sind Sie einverstanden, wenn wir das Gespräch mitschneiden?

R.R: Wie soll ich das denn verhindern wollen? Aber tun Sie, was Sie nicht lassen können.

K.K: Danke. Sie sind der Arzt, der den Tod von Leon Rincke hautnah miterlebt hat. Können Sie uns hierzu ein wenig mehr erzählen?

R.R: Ich habe gesehen, wie Herr Rincke vom Stuhl gefallen ist und habe natürlich sofort erste Hilfe geleistet. Aber es war umsonst. Ich habe alles versucht, natürlich allen voran die Herzdruckmassage. Aber als Arzt weiß man, wenn man einen Menschen verliert.

K.T: Was haben Sie weiter versucht?

R.R: Was soll man denn versuchen, wenn ein Mensch tot ist? Bin ich Gott, der ihn vielleicht wieder zum Leben hätte erwecken können? Meine Kollegin, Frau Dr. Krause hat mir dann die traurige Realität bestätigt.

K.T: Wie Sie sich vorstellen können, ermitteln wir in alle Richtungen. Wir haben bei der Recherche festgestellt, dass gegen Sie schon einmal ein Verfahren zur Aberkennung der Kassenzulassung gelaufen ist.

R.R: Was hat dieses alberne Verfahren vor ein paar Jahren damit zu tun? Was halten Sie davon, einfach Ihre Arbeit zu machen anstelle sinnlose Nachforschungen anzustellen? Sie wissen sicher auch, dass das Verfahren eingestellt wurde. Wissen Sie auch weshalb? Weil ich ein guter Arzt bin! Was wollen Sie eigentlich von mir? Bin ich etwa verdächtig?

K.K: Wir haben noch keinen richtigen Anhaltspunkt, daher

sammeln wir so viele Informationen wie möglich. Wir vernehmen Sie hier aber als Zeuge, nicht als dringend Tatverdächtigen. So wie übrigens auch alle anderen Teilnehmer der Gruppe.

R.R: Ich bin Arzt. Es ist nicht meine Aufgabe, Menschen ins Jenseits zu befördern. Das ist auch nicht mit meiner Berufsethik zu vereinbaren.

K.K.: Unabhängig von Ihrer Berufsethik sollte ein Mord für keinen Menschen mit seiner Ethik vereinbar sein. Ist Ihnen denn irgendetwas vor dem Mord aufgefallen, was uns weiterhelfen könnte?

R.R.: Nichts, was Ihnen hilfreich sein könnte. Wir waren immer zu acht in dem Raum. Wir haben ihn bis dahin nur verlassen, um die Gemälde der Gräfin zu bewundern. Da habe ich aber nicht darauf geachtet, wer wann wo war.

K.K: Können Sie sich denn noch an irgendein Gemälde erinnern?

R.R: Die Sammlung interessierte mich nicht so sehr. Ich verstehe etwas von Medizin, nicht von Kunst. Ich habe mir die Bilder eher aus Höflichkeit angeschaut.

K.T.: Könnte es sein, dass Sie sich deshalb nicht mehr erinnern können, weil Sie gar nicht oben waren, sondern unten etwas vergiftet haben und dann als Arzt einfach abgewartet haben. Wäre doch eine Idee?

R.R: Sie bezichtigen mich tatsächlich, für den Tod von Herrn Rincke verantwortlich zu sein, Das ist wirklich sehr weit hergeholt. Ich kann mich nur wiederholen. Ich war es natürlich nicht.

K.K: Wir haben hier das Problem, dass wir jeden als Täter in Betracht ziehen müssen, der zur Tatzeit in der Wohnung war, also auch Sie. Sie dürfen die Frage daher nicht persönlich nehmen. Jeder von Ihnen bekommt diese Frage.

R.R: Und Sie erwarten tatsächlich, dass Sie auf diese Weise den Mörder von Herrn Rincke überführen können. Ich hatte gehofft, sie würden Ihren Job gut machen. Aber ich weiß nicht, wie ich Ihnen helfen kann. Ich habe Ihnen auch bereits alles gesagt, was Sie wissen wollten. Wenn Sie sich so auf dem Holzweg befinden, dass Sie mich befragen, wundert es mich nicht, dass Herr von Otten auf eigene Faust recherchiert.

K.T: Seien Sie gewiss, wir tun unsere Arbeit und wir nutzen auch nicht nur die Ergebnisse dieser Befragungen. Wir werden alles tun, um das Tötungsdelikt aufzuklären. Für heute möchten wir uns bei ihnen für ihre Zeit bedanken. Bitte halten Sie sich weiter zu unserer Verfügung.

Hans

Anwesend: Die Polizeikommissarinnen Katrin Kulina und Mandy Keschner sowie Herr Hans Grafe, gehört als Zeuge im dem Tötungsdelikt Leon Rincke.

K.K.: Schön, dass Siee es einrichten konnten. Wie Sie wissen, ermitteln wir in dem Tötungsdelikt Leon Rincke.

H.G.: Man tut, was man kann. Man hat als Staatsbürger auch Verantwortung. Tötungsdelikt, das heißt, Leon wurde getötet.

K.K: Davon gehen wir nach dem jetzigen Stand der Dinge aus. Wir sind hier natürlich auf Informationen von Zeugen angewiesen. Wir würden dieses Gespräch gerne aufzeichnen, ich hoffe, Sie haben keine Einwände.

H.G: Wenn ich helfen kann, tue ich das natürlich gerne. Und ja, Sie können das Gespräch gerne aufzeichnen.

M.K: Sie sind auch zu diesem Kaffeetrinken und Kartenspielen eingeladen worden?

H.G.: Genau, die Gräfin hat mich regelrecht bekniet, zu dem Turnier zu kommen. Zeit ist knapp bei einem Selbstständigen. Aber ab und zu ein wenig Ablenkung und Entspannung, das muss man sich auch ab und zu mal gönnen. Vor allem, wenn man sich ansonsten nicht mit einem 38-Stunden-die-Woche-Job ausruhen kann.

K.K.: Wir diskutieren hier nicht mit Ihnen die Frage, ob Menschen, die ihrer Arbeit nachgehen, sich dort ausruhen. Uns interessiert hier ausschließlich die Frage, warum Leon Rincke sterben musste. Können Sie uns hier weiterhelfen?

H.G: Nein, wir treffen uns nur wöchentlich, vielleicht auch zweimal die Woche, aber ansonsten haben wir nicht viel miteinander zu tun. Vielleicht hatte ein anderer der Teilnehmer mehr Kontakt zu Leon.

K.K: Lassen Sie uns versuchen, den Tag bis zu dem Tod von Herrn Rincke so gut wie möglich zu rekonstruieren. Wir wissen bereits, dass es an diesem Tag zu einer kurzen Besichtigung der Bilder der Gräfin zu Hasten gegeben hat. Können Sie uns beschreiben, wie Sie diese Situation erlebt haben?

H.G: Natürlich. Wir durften alle die Ausstellung besichtigen. Imposante Gemälde, sage ich Ihnen. Vor allem das Bild des roten Vogels. Wenn man da genau hinschaut, erkennt man im Hintergrund auch eine kleine Feder des Vogels. Ich weiß nicht, was der Maler uns damit sagen wollte.

K.K: An das Bild erinnere ich mich auch. Allerdings habe ich es auch nicht so genau angeschaut, dass mir die Vogelfeder aufgefallen wäre, muss ich gestehen.

H.G: Sie waren vermutlich auch nicht in die Villa der Gräfin gekommen, um die Kunstausstellung zu bewundern.

K.K: Wohl wahr, aber haben Sie in der Ausstellung etwas wahrgenommen, was uns weiterhelfen könnte. Oder auch ansonsten irgendetwas an dem Nachmittag, was anders war als sonst.

H.G.: Ich kann Ihnen da leider wirklich nicht weiterhelfen. Ich war wie gesagt, von dem einen Bild fasziniert, dass ich hier meine Umwelt wahrgenommen habe. Und beim Bridgespiel habe ich mich eher auf meinen Partner und auf die Karten konzentriert.

M.K: Partner? Wie habe ich das zu verstehen?

H.G: Wir haben Bridge gespielt. Sie kennen dieses Spiel vermutlich gar nicht. Bridge wird immer zu viert gespielt. Immer die zwei, die sich gegenüber sitzen, spielen zusammen und werden daher Partner genannt. Ich habe, wie sie vielleicht schon wissen, mit Herrn Otto Miller gespielt.

M.K: Gut, ich habe Sie verstanden. Haben Sie denn eine Idee, wer es gewesen sein könnte?

H.G: Wissen Sie, wenn ich Ihnen einen Namen nennen würde, wäre das ja unfair dieser Person gegenüber. Ich habe nämlich keine Ahnung und Sie vermutlich auch nicht. Ich gehe davon aus, dass Sie uns alle verhören. Dann werden Sie sicher auch Frau Koller genauer unter die Lupe nehmen, die mit Herrn Rincke gespielt hat. Obwohl, auch für Frau Koller dürfte das Motiv nicht reichen.

M.K: Was für ein Motiv?

H.G: Dauernd hat Leon an ihr herumkritisiert, und trotzdem hat sie ihm nur schöne Augen gemacht. Aber vergessen Sie es. Für ein Motiv reicht das nicht.

K.K: Hatten Sie denn ein Motiv?

H.G: Nein. Ich befürchte, einer von uns wird wohl ein Motiv gehabt haben. Aber ich nicht. Ich denke auch nicht, dass unser Vorsitzender euch bei der Suche nach dem Schuldigem eine große Hilfe sein dürfte. Auch wenn er es gerne wäre.

K.K: Vielen Dank, dass Sie sich Zeit für uns genommen haben. Wir werden gegebenenfalls noch einmal auf Sie zurückkommen. Und um Herrn von Otten kümmern wir uns auch.

Christian

»Mann, bin ich geladen«, stürmte Katrin in das Zimmer ihres Chefs Volker. »Frau Kollegin, was ist los?« erkundigte sich Volker. »Wir sind offenbar nicht alleine, was die Aufklärung des Falles angeht. Wir bekommen Unterstützung vom Vorsitzenden des Bridgeclubs. Der versucht gerade, auf eigene Faust den Fall aufzuklären. Ich glaube, ich werde der Nervensäge gleich noch einen Besuch abstatten«, polterte Katrin. »Wenn du meinst, dass es der

Aufklärung dient. Nimm dir Verstärkung mit«, gab Volker seinen Segen zu dem Vorhaben.

»Ich habe jetzt gleich Feierabend, Katrin. Hat das nicht auch noch morgen Zeit?« zeigte sich Klaus wenig begeistert von der Idee. »Ich habe noch nichts vor«, schaltete sich Mandy ein. »Gut, dann lass uns diesem Herrn einen Besuch abstatten.«

»Dürfen wir reinkommen, Herr von Otten?« fragte Katrin, ihren Dienstausweis zeigend. »Was ich wohl kaum verhindern kann«, brummte Christian. Die beiden Polizistinnen wurden von ihm in das Wohnzimmer begleitet. Hier wurden sie auch von Maunzi begrüßt, die um die beiden Polizistinnen schlich. Katrin versuchte sie zu streicheln, aber das ließ Maunzi doch nicht zu. »Was kann ich für Sie tun?« begann Christian das Gespräch.

»Eher, was Sie nicht für uns tun können«, fing Katrin an. »Wie Sie ja bereits wissen, ist ihr Bridgefreund Leon Rincke in der Wohnung von Gräfin zu Hasten zu Tode gekommen. Wir ermitteln in dem Fall.« »Angenehm«, sagte Christian kühl. »Wir haben bisher herausbekommen, dass die Gesellschaft zunächst Sie anstelle der Polizei geholt hat«, führte Katrin weiter aus.

»Ehre, wem Ehre gebührt« war die Antwort von Christian etwas überheblich. »Aber das war eher Zufall. Ich hatte die Gräfin wegen einer anderen Sache angerufen.« »Welche?«, hakte Katrin nach. »Ich wollte nur wissen, ob sie vielleicht noch einen weiteren Bridgespieler benötigen.« »Gut, was können Sie uns noch weiter erzählen«, war Katrin immer noch genervt. »Wenig«, gab sich Christian wortkarg. »Leider kann ich Ihnen den Mörder oder die Mörderin noch nicht präsentieren.« Katrin seufzte, während Mandy unsicher im Wohnzimmer hin und her blickte. »Offenbar kann Mandy die Situation überhaupt nicht einordnen«, dachte sich Katrin. Laut aber sagte sie: »Das ist auch gar nicht Ihre Aufgabe, Herr von Otten. Wir freuen uns, wenn Sie uns helfen, unsere Arbeit zu machen. Aber die Ermittlungsarbeit selber müssen Sie schon uns überlassen.« »Wieso, machen Sie das genauso unfähig wie vor fünf Jahren?«, gab sich Christian hier überhaupt nicht einsichtig. Katrin entging nicht, wie Christian unruhig wurde. »Ich weiß nicht, worauf Sie hinauswollen«, zeigte sie sich erstaunt. »Sie hätten die Unfähigkeit Ihrer Behörde in den Akten nachlesen können«, zischte Christian. Katrin merkte, wie Mandy erschrocken war, selbst aber sagte sie ruhig: »Wie Sie sehen, sind wir ohne Aktenordner gekommen. Bitte erzählen Sie es uns.« »Ich dachte, Sie hätten sich auf den Besuch vorbereitet«, kam Christian in Fahrt. Katrin blieb still und wartete ab. »Vor fünf Jahren kam meine Frau bei einem sogenannten Autounfall ums Leben. Sie wurde von einem LKW auf einem Zebrastreifen erwischt und verstarb noch an der Unfallstelle. Ihre Behörde hat natürlich ermittelt, aber man kam nicht auf die Idee, dass da mal mehr dahinterstehen könnte als die Unachtsamkeit eines Lastwagenfahrers.« »Warum«, zeigte Katrin, dass sie zuhörte. »Iris war Journalistin und war, wie sie mir sagte, an einer großen Sache dran. Ich bin mir sicher, jemand wollte Iris damals aus dem Weg räumen und hat diese Methode gewählt«, redete Christian weiter. »Ich höre Ihnen zu«, ließ Katrin Christian weiter gewähren. »Es hat sich niemand von Ihnen die Mühe gemacht, zu recherchieren, an was Iris gearbeitet hat. Dabei wäre es gewiss für einige sehr unangenehm geworden, wenn die Sache zur Veröffentlichung gekommen wäre.« »Das bestreitet niemand«, warf Katrin ein. »Aber ohne die Aktenlage zu kennen: Ich gehe davon aus, dass meine Kollegen von einem Verkehrsunfall ausgingen.« »Genau«, ereiferte sich Christian, sein Hals schwoll leicht vor Wut an. »Sie haben keinen Anhaltspunkt für Vorsatz gefunden. Entsprechend lächerlich fiel die Strafe für den Verursacher auch aus. Noch nicht einmal eine Haftstrafe. Und jetzt frage ich Sie, warum ich Vertrauen in Sie und Ihre Kollegen haben soll.«

Katrin seufzte. »Ich verstehe, dass Sie in dem Fall den Eindruck hatten, dass Ihnen Unrecht geschehen ist. Sie haben hier natürlich die Möglichkeit, mit neuen Erkenntnissen eine Wiederaufnahme des Verfahrens zu erwirken. Aber wir würden uns jetzt gerne vor allem um den aktuellen Todesfall kümmern wollen.« »Wo Sie wieder den Mörder frei herumlaufen lassen wollen, wenn Sie ihn haben?« zischte Christian. »Es gehört zu meinen Aufgaben, einen Mörder festzunehmen und die Justiz mit den Informationen auszustatten, die nötig sind, um ihn anzuklagen«, fuhr Katrin unbeirrt fort. »Und freizusprechen«, gab Christian genervt zurück. »Herr von Otten«, wechselte Katrin die Tonlage. »Wie Sie wissen, gibt es hier in Deutschland eine Gewaltenteilung, so dass wir von der Polizei keinen Einfluss auf das letztendliche Strafmaß haben. Das ist alleine im Ermessen der Justiz. Aber wir sind nicht hier, um den Fall ihrer Frau neu aufzurollen. Was wissen Sie über den Tod von Leon Rincke?«

Es entstand eine unangenehme Stille. Katrin durchbrach sie: »Wir wissen, dass Sie am Tatort waren und die interessante Idee hatten, von allen am Tatort anwesenden Personen eine schriftliche Ausarbeitung zu dem Tathergang einzufordern.« »Irgendjemand muss den Tod ja aufklären«, sagte Christian unnötig laut. »Irgendjemand bin in dem Fall ich«, stellte Katrin fest. »Sie wird von mir und weiteren Kollegen unterstützt. Und damit wir auch unsere Arbeit machen können, brauchen wir diese Unterlagen«, ergänzte Mandy, die bisher ruhig geblieben war. »Die sind meine«, versuchte Christian dagegen zu halten. »Sie wissen genauso gut wie ich, dass Sie zur Mitarbeit verpflichtet sind«, streckte Katrin eine Hand nach vorne, um die Unterlagen einzufordern. »Bin ich das«, brummte Christian, aber dann ging er doch zu seinem Schreibtisch, holte sieben Zettel und händigte sie Katrin aus. »Danke, die Kopie bitte auch«, fuhr Katrin fort. »Warum denn das«, protestierte Christian energisch. »Weil es unsere Aufgabe ist, ganz alleine den Mörder von Leon zu finden. Wir brauchen die Information als erstes, wir verlieren Zeit und der Mörder hat einen Informationsvorsprung, wenn wir die Information als zweites oder gar nicht bekommen.« »Sie sprechen von Mörder«, sagte Christian ruhig. »Das heißt, Sie gehen von einem Mörder aus und nicht einer Mörderin.« »Herr von Otten«, setzte Katrin ihre Dienstmiene auf. »Ja, wir gehen von einem Tötungsdelikt aus. Nein, natürlich gehen wir nicht davon aus, dass es sich um einen Mörder handelt. Natürlich kann es sich auch um eine Mörderin handeln. Aber wir beide werden Probleme bekommen, wenn Sie weiter unsere Ermittlungen torpedieren. Also die Kopie.« Christian schlürfte zu dem Bücherregal und zog noch mal sieben Zettel hervor. »Danke, wir werden tun, was wir tun können, um Ihr Vertrauen in die Polizei wiederherzustellen. Haben Sie denn irgendetwas am Tatort bemerkt, was uns weiterhelfen würde. War jemand besonders nervös zum Beispiel?«, fragte Katrin. »Dann hätte ich ja vermutlich den Täter«, war Christian von sich überzeugt. »Nein, ich habe keine Idee, Frau Kommissarin.« »Wir wären aber trotzdem interessiert, was Sie wahrgenommen haben«, blieb Katrin hartnäckig. »Offenbar standen alle unter Schock, als Leon plötzlich tot in der Wohnung der Gräfin lag«, gab sich Christian kooperativ. »Ich kann jetzt nicht behaupten, dass jemand sich gemeldet hat, ich war es. Haben Sie denn Erkenntnisse, mit denen man weiter arbeiten könnte?« versuchte Christian seinerseits., Informationen aus den Polizeibeamtinnen herauszukitzeln. »Nochmals, Herr von Otten«, wurde Katrin etwas lauter.

»Wir machen die Ermittlungen, nicht Sie. Aber eine letzte Frage hätte ich doch noch. Was ist denn so spannend an dem Spiel? Können Sie es mir kurz erklären?« »Haben Sie einen Moment Zeit«, strahlte Christian. Er war in seinem Element. »Ich gebe Ihnen eine kurze Einführung.« Sie saßen zu dritt um den Esstisch von Christian. Er hatte ein Canasta-Spiel geholt. »Bridge wird immer zu viert gespielt. Immer die zwei, die sich gegenüber sitzen, spielen zusammen, sind also, wenn man es so nimmt, ein Team. Gespielt wird mit einem 52-er Blatt ohne Joker. Jeder Spieler bekommt 13 Karten zugeteilt. Die Reihenfolge der Karten ist Ass, König, Dame, Bube, zehn, neun und dann runter bis zur Zwei. Es geht in dem Spiel darum, zunächst in einem Reizprozess eine bestimmte Anzahl an Stichen zu versprechen. Das sind mindestens sieben, also mehr als die Hälfte. Im Spiel selbst wird dann versucht, diese Anzahl an Stichen auch mindestens zu erzielen. Machen Sie mindestens diese Anzahl an Stichen oder mehr, so schreibt Ihre Seite positiv. Machen Sie weniger als die angesagte Anzahl an Stichen, so schreiben Sie negativ. Es muss bedient werden, wenn Sie nicht bedienen können, dürfen Sie eine beliebige Karte zugeben. Derjenige, der den Stich gewinnt, spielt zum nächsten Stich aus. Zum ersten Stich ausspielen darf der Spieler, der links vom Alleinspieler sitzt. Alleinspieler ist derjenige, der im Reizprozess als erstes auf der Seite die Farbe genannt hat, die Trumpf wird. Gibt es keine Trumpffarbe, dann derjenige, der auf der Seite der alleinspielenden Seite das als erstes vorgeschlagen hat. Nachdem die erste Karte auf dem Tisch liegt, werden die Karten des Partners des Alleinspielers offen auf den Tisch gelegt. Für den Spieler, der dem Alleinspieler gegenüber sitzt, ist das Spiel damit vorbei. Er muss die Karten legen, die der Alleinspieler ihm sagt.«

»Auch wenn es falsch ist?«, fragte Katrin. »Auch dann, er kann nur dafür sorgen, dass der Alleinspieler die Farbe bedient. Aber genug der Theorie. Ich würde Sie jetzt einfach spielen lassen« »Warum nicht«, meinte Mandy, die Christian gegenübersaß. Katrin wollte zwar nach Hause, war aber auch neugierig geworden. Da sie nur zu dritt waren, war der Platz gegenüber von Katrin leer. Christian gab jeder Polizistin dreizehn Karten, die er aus einem Kartenhalter hervorholte. »Sie haben mit ihrem imaginären Partner 3 Ohne Trumpf angesagt. Wie ist erst mal nicht so wichtig«, sagte er zu Katrin. 3 Ohne bedeutet, 3 Stiche über Mitte, Mitte ist sechs, Sie müssen also mindestens neun Stiche machen«, hörte Katrin den Bridgelehrer. In der Hand halten Sie:

Pik: A 4 3

Coeur: 8 3 2   Karo: B 7 4 3 2

Treff: 8 2

und Ihr Gegner zur Linken legt jetzt Coeurkönig von seinen 13 Karten auf den Tisch

Ihr Partner legt jetzt all seine Karten offen auf den Tisch. Sie sehen jetzt zusätzlich

Pik: K D 5

Coeur: A   Karo: A K D 10 8

Treff: K D 7 3

»Das sind die Karten Ihres Partners. Sie können jetzt eine Karte des Dummies, so nennt man die dreizehn Karten auf dem Tisch, zu meiner Karte zugeben. In dem Fall haben Sie in Coeur nur das Ass. Da Sie bedienen müssen, bedienen Sie mit der Karte. Sie können dem Spieler, der die Karten aufgedeckt hat, einfach sagen, Coeurass.« Katrin schaute etwas verwirrt. »Im Skat sagen wir immer Herz«, murmelte sie. »Ich vergaß«, bemerkte Christian. »Beim Bridge sind es die gleichen Farben, nur heißen sie etwas anders. Pik heißt Pik, Herz heißt Coeur, Karo heißt Karo und Kreuz heißt Treff.« Nach dieser Erklärung wählte Katrin das Ass, Mandy gab die Coeur 4 zu und Katrin von ihren Handkarten die 8. »Ich habe den Stich gewonnen«, freute sich Katrin. »Legen Sie die Karte senkrecht vor Ihnen ab«, erklärte Christian weiter, »dann können wir später die Stiche leichter zählen, senkrecht für gewonnene Stiche, waagerecht für verlorene.« Katrin spielte nun von ihrer Hand Karobuben aus. »Nein«, war der Bridgelehrer wieder zu hören. »Der Tisch hat den Stich gewonnen. Sie müssen die nächste Karte vom Tisch spielen.« Es dauerte eine Weile, bis alle dreizehn Stiche gespielt waren. Katrin spielte alle fünf Karos ab, und dann

Pikkönig, dann Pikdame und dann Pikass. Katrin schaute stolz auf die senkrecht gelegten Karten. »Neun Karten senkrecht, das wollte ich ja auch.« »Für Ihre erste Partie war das gar nicht schlecht«, lobte Christian. »Wollen Sie noch ein Spiel machen?« »Nein danke, auch wenn es ein faszinierendes Spiel ist«, wehrte Katrin ab. »Wir melden uns, wenn wir Sie nochmal brauchen. Und halten Sie sich in der Zwischenzeit mit eigenen Ermittlungen zurück. Sie helfen damit nur dem Mörder oder der Mörderin«, verabschiedete sich Katrin mit Mandy. »Ich werde nichts tun, was dem Mörder hilft«, hörte Katrin noch. »Ich glaube, ich muss mich näher mit dem Spiel befassen«, meinte Katrin zu Mandy. »Ich kann mir vorstellen, dass hier der Schlüssel ist.«

Dienstag

Katrin

»Ist es schon so spät, dass wir aufstehen müssen?« Ungläubig schaute Katrin auf den Wecker. 06:30. Ohne Zweifel, sie musste hoch. Die Kinder wollten geweckt werden und sie selbst anschließend zur Arbeit. »Gestern bin ich nicht wirklich mit dem toten Jungen weitergekommen«, erzählte sie Andreas beim Frühstück. »Das ist ungewöhnlich, normalerweise haben wir den Täter nach 24 Stunden. Irgendwie lässt der Fall mir keine Ruhe. Kannst du gleich Sina in die Schule bringen? Dann kann ich wenigstens früher auf der Wache sein.« »Geht klar, aber denk daran, dass heute Abend keine Überstunden angesagt sind. Heute kommen Jörn und Marius zum Spieleabend.« »Geht klar«, Katrin gab ihrem Mann noch schnell einen Kuss auf die Wange und war dann auch schon aus dem Haus verschwunden.

Die Dienstbesprechung zu dem Fall Leon war bereits für halb zehn angesetzt. Katrin hatte noch Zeit, sich die Zettel anzuschauen, die Christian von all den Teilnehmern des traurigen Bridgenachmittags hatte erstellen lassen. Was hatte Herr von Otten hier denn erwartet? Zumindest konnte sie ebenfalls bei dem Studieren der Zettel keinen Verdächtigen ausfindig machen. »Irgendwie langweilig«, murmelte sie zu sich selbst. »Aber immerhin hatte er es geschafft, von jedem eine Aussage zu bekommen«, dachte sich Katrin voller Respekt.

»Wir haben eine Überraschung aus der Spurensicherung«, begann Volker die Sitzung. »Aber erst einmal allen einen guten Morgen.« Volker nahm einen Schluck aus seiner Kaffeetasse und fuhr fort: »Wir haben das Smartphone von Leon untersucht. Hier haben wir festgestellt, dass er in der letzten Zeit häufiger mit dem Ehepaar Meier telefoniert hat. Das wird Euch vermutlich allen nichts sagen, Ihr seht auch alle etwas überrascht aus, aber es sind die Eltern von Melania Meier. Melania war die Schülerin, die zu Tode kam, und wo der bei dem Mord anwesende Arzt, Herr Dr. Runen, involviert war. Wenn man ein wenig in dem Fall recherchiert, wird man wissen, dass hier auch ein Verfahren über die Kassenzulassung des Doktors anhängig war.« Das ist ja spannend«, sagte Katrin. »Soll ich einmal die Eltern von Melania kontaktieren?«»Ja, ich glaube, das kann nicht schaden«, fuhr Volker fort. »Weiter haben wir festgestellt, dass die EC-Karte von Leon in seinem Portemonnaie fehlte. Wir haben aber zumindest die Kontonummer. Herausbekommen haben wir das durch einen alten Kontoauszug, den er in seiner Geldbörse hatte. Aus dem ging hervor, dass er die Karte zumindest bis dahin fleißig eingesetzt hatte«.»Das kann ich auch zu der Bank fahren«, meldete sich Katrin ein zweites Mal. »Gut, dann ist diese Aufgabe auch verteilt. Bei uns hat sich in dem Fall nochmal Frau Krause angekündigt.«»Ich bin ja da«, stellte Klaus fest. »Soll halt kommen, wenn ihr noch etwas eingefallen ist.« Volker schaute noch einmal in die Runde. »Nun zu etwas nicht ganz so Schönem. Bei unserer IT ist die Grippewelle eingezogen, daher sind die Ergebnisse von Leons Rechner vermutlich erst frühestens gegen morgen Nachmittag verfügbar. Das wird dann wohl erst Donnerstag früh zu erwarten sein. Die Ergebnisse aus Münster zu dem eingesetzten Gift liegen leider auch noch nicht vor. Hat denn noch jemand etwas zu dem Sachverhalt beizutragen?«

Schon wieder meldete sich Katrin. »Ich war gestern noch einmal bei dem Vorsitzenden von diesem vom Bridgeclub. Er hat mir seine ersten Befragungen, die er unter den Bridgespielern unternommen hat, zur Verfügung gestellt. Ich habe die sieben Ersteindrücke in der Akte abgelegt. Ich habe sie mir durchgelesen. Da war aber nichts, was irgendwie auf den Mörder hinweist.

Wer die Texte auch lesen will, nur zu. Vielleicht habe ich ja etwas übersehen.«»Brauchen wir Volker noch, wenn doch der Vorsitzende des Bridgeclubs die Ermittlungen selber leitet?«, fragte Klaus mit einem Grinsen. Volker schaute ihn kurz an und sagte nur:»Fachkräfte.«

Annika

»Hier ist Katrin Kulina, Polizei Bielefeld. Spreche ich mit Frau Annika Meier?«»Ja, am Apparat.«»Kann ich kurz vorbeikommen. Wir haben ein paar Fragen an Sie. Es betrifft Herrn Leon Rincke«, kam Katrin gleich auf den Punkt, ohne sich mit irgendwelchen Einführungsfloskeln aufzuhalten.»Warum wollen Sie das wissen?«, war Annika überrascht.»Wir denken, es ist einfacher, das persönlich darzustellen«, erklärte Katrin.»Dann kommen Sie halt gleich«, willigte Annika ein, wenn auch nach Katrins Einschätzung eher mürrisch. Katrin nahm Mandy mit auf den Weg nach Sennestadt. Sie wurden in einer Wohnung in einem Mehrfamilienhaus erwartet. »Wir hatten gerade telefoniert«, begrüßte Katrin die Frau an der Türe. Sie schätzte sie auf etwa 40, allerdings älter aussehend. Die Haare von Annika Meier waren bereits grau, ihr Gang etwas gebeugt. Sie trug einen grauen Trainingsanzug, auf dem ein paar Krokusse aufgenäht waren.»Guten Tag«, erwiderte Annika.»Was für ein netter Jogginganzug«, entschied sich Katrin doch erst einmal für einen Smalltalk.»Melania hatte ein schönes Blumenbeet mit diesen Krokussen gebaut«, erklärte Annika.»Und jetzt erinnert sie dieser Jogginganzug an Ihre Tochter?«, fragte Katrin mit einer einfühlenden Stimme.»Ja, genau so ist es. Mehr ist uns von Melania nicht geblieben außer der Erinnerung«, seufzte Annika.»Wie wir bereits am Telefon angesprochen hatten, sind wir hier in einer anderen Sache. Kennen Sie Leon Rincke?« wechselte Katrin das Thema.»Ja, den kennen wir. Herr Rincke hatte gemeint, er hätte neue Informationen zum Tod unserer Tochter«, begann die Mutter.

»Welcher Natur?«, ließ Katrin Annika weiterreden. »Er meinte, es gäbe Chancen, dem damals behandelnden Arzt, Dr. Reinhard Runen doch ein Fehlverhalten nachweisen zu können.« »Und, hatte er?«, fragte Katrin interessiert weiter. Annika blickte zu Boden. »Kommen Sie doch rein«, lud sie die beiden Polizistinnen in ihre Wohnung ein. Die Wohnung war klassisch eingerichtet, die graue Couchgarnitur hatte schon einige Jahre auf dem Buckel. »Wir haben an der Einrichtung seit dem Tod von Melania nichts mehr verändert«, entschuldigte sich Annika. »Aber es ist doch sehr gemütlich hier«, befand Mandy. »Wir waren bei Herrn Rincke«, kam Katrin wieder auf Leon zurück. Annika fing jetzt an zu erzählen. »Ich weiß es nicht, aber ich und mein Mann haben ihm erst einmal Auszüge aus der Krankenakte zur Verfügung gestellt. Wir sind der Meinung, der Tod unserer geliebten Melania müsste gesühnt werden. Aber wir sind uns nicht sicher, ob Herr Rincke nicht mehr ist als ein Hochstapler. Er kam nie mit etwas Konkretem, sondern vertröstete uns immer wieder. Letzte Woche aber wirkte er plötzlich entschlossener, und bat uns nur noch ein wenig Geduld zu haben. Aber er wäre sich seiner Sache sicher und sei auch im Gespräch mit dem damaligen Arzt von Melania, Herrn Dr. Runen. Wir wissen nicht, wie er es geschafft hat, aber wir hatten nie den Eindruck, dass sich der Arzt eines Fehlers bewusst gewesen wäre. Eigentlich wissen wir noch nicht einmal, ob Dr. Runen tatsächlich schuldig ist. Vielleicht wollte Gott es einfach so. Entschuldigen Sie. Ich lasse Sie so im Trockenen. Kann ich Ihnen etwas zu trinken anbieten?« Katrin schluckte. War es richtig von Leon gewesen, hier alte Wunden aufzureißen und zu vergrößern. Was hatte Leon nur damit bezweckt. »Nein danke, das ist sehr freundlich von Ihnen«, lehnte Katrin das Angebot ab. »Wir sind aber leider nicht hier, um den Tod Ihrer Tochter aufzuarbeiten. Leon Rincke wird seine Nachforschungen nicht fortsetzen können.« »Warum nicht?. Ist er nicht mehr als ein Scharlatan, der sich nur an unserem Leid ergötzt«, schrie Annika dazwischen. Katrin erkannte, wie sehr die

Situation ihr zu entgleiten drohte. »Auch hier können wir Ihnen leider keine endgültige Antwort geben, Frau Meier. Herr Rincke ist tot.« »Tot«, Annika schnappte nach Luft und ließ sich in einen Sessel fallen. Katrin und Mandy setzten sich ebenfalls auf zwei Stühle, die zu dem Essbereich gehörten. »Aber nein«, sammelte sich Annika. »Wir konnten Leon nicht einschätzen und wir haben mit dem Tod von Leon auch nichts zu tun. Da kann ich auch für meinen Mann sprechen. Wie ist er denn ums Leben gekommen?« »Sie verstehen sicher, dass wir uns hier aus ermittlungstaktischen Gründen eher bedeckt halten müssen«, wich Katrin dieser Frage aus. »Aber Sie wollen doch nicht mir reden, wenn Herr Rincke bei einem Verkehrsunfall ums Leben kam«, argumentierte Annika. »Da haben Sie natürlich recht«, lächelte Katrin. »Wir müssen von Fremdverschulden ausgehen.« »Sagen Sie doch einfach Mord. Das versteht jeder. Aber wir waren es nicht. Weder ich noch mein Mann«, wiederholte sich Annika. »Sie stehen auch gar nicht unter Verdacht, weder Sie noch Ihr Mann«, beruhigte Katrin ihre Gesprächspartnerin. »Momentan sehe ich auch kein so richtiges Motiv bei Ihnen, obwohl die ganze Sache sehr aufwühlend gewesen sein muss.« »Kann man wohl sagen«, seufzte Annika. »Ich wollte, wir hätten Herrn Rincke nie kennengelernt.« Katrin und Mandy erhoben sich von ihren Stühlen. »Wir danken Ihnen auf jeden Fall für das Gespräch. Sie haben uns sehr weitergeholfen«, verabschiedete sich Katrin von Annika. Beim Gehen hatte sie das Gefühl, Annika wäre noch einmal einen Zentimeter kleiner geworden.

Katrin und Mandy gingen zurück zu dem etwas entfernt parkenden Streifenwagen. »Ist das spannend«, merkte Mandy an. »Finde ich auch«, stimmte Katrin zu. »Herr Dr. Runen hat uns doch das ein oder andere verschwiegen. Ob es aber auch für ein Motiv reicht, das kann ich noch nicht beurteilen. Lass uns in das Präsidium zurückfahren.«

Gertrud

»Gut, dass ihr wieder da seid«, begrüßte Klaus Mandy und Katrin, als sie im Präsidium in ihr Büro zurückkehrten. »Warum, Neuigkeiten?«, fragte Katrin. »Nein, aber gerade ist Frau Krause gekommen«, informierte Klaus seine Kolleginnen. »Und dann traust du dich nicht, es alleine mit ihr aufzunehmen«, neckte Katrin. »Doch natürlich«, beteuerte Klaus schnell. »Aber du weißt ja, die Vorschriften …«»Natürlich«, grinste Katrin. »Ich würde Frau Krause auch als unsere Hauptverdächtige einstufen und in einem solchen Fall müssen wir zu zweit sein. Aber weil du es bist, ich begleite dich gerne zu der alten Dame.«»Zu dritt muss die hoffentlich nicht verhört werden«, meldete sich Mandy zu Wort. »Ich würde gerne für eine Stunde in die Uni gehen.« Katrin entging nicht, dass Mandy etwas nervös war. Aber drei Polizisten für ein intensives Gespräch wären doch etwas zu viel. »Mach das Mandy, wir schaffen das schon«, ließ Katrin sie ziehen. »Wieso ist die denn so nervös?«, fragte Katrin Klaus, nachdem Mandy gegangen war. »Viel erzählt sie ja nicht«, flüsterte Klaus. »Aber soweit ich weiß, hat sie sich einen Studenten geangelt. Müsste noch ganz frisch sein.«»Aber nicht von der Polizeihochschule«, lachte Katrin. »Natürlich nicht, die dazugehörige Schule gibt es ja nur in Städten, die auch existieren. Wie Münster zum Beispiel. Lass uns jetzt aber zu Frau Krause gehen. Alte Damen sollte man nicht unnötig lange warten lassen.«

Sie trafen Gertrud in dem Verhörraum, in den sie bereits am Vortag geführt worden war. Für viel mehr als einen Tisch und vier Stühle hätte es keinen Platz gegeben.

»Entschuldigen Sie die leichte Verspätung, Frau Krause«, begann Klaus. »Wir hatten noch eine dienstliche Besprechung. Sie hatten um das Gespräch gebeten.«»Ja«, ertönte eine rauchige Stimme. »Wissen Sie, ich habe mit meinen 86 Jahren ja schon viel erlebt. Aber in meinem Alter erinnert man sich vielleicht an wichtige Dinge nicht mehr sofort.« »Nicht nur in ihrem Alter, mir geht es teilweise ähnlich«, schaltete sich Katrin in das Gespräch ein. »Wissen Sie«, fuhr Gertrud fort, »bei mir ist ein bösartiger Bauchspeicheldrüsenkrebs festgestellt worden.« »Das tut mir leid«, sagte Katrin. »Das muss Ihnen nicht leid tun«, fuhr Gertrud fort. »Erstens wächst er langsam und zweitens habe ich jetzt 85 Jahre ohne schwere Krankheiten hinter mir. Da muss man auch mal dankbar sein.« »Da haben Sie auch wieder recht, so habe ich das noch gar nicht betrachtet«, stimmte Katrin zu. »Aber deshalb bin ich nicht hier, um Ihnen mein Leid zu klagen. Ich habe mich wegen meiner Krankheit mit Dr. Runen beratschlagt und er meinte, in meinem Alter solle man einfach nichts machen. Eine Chemotherapie zum Beispiel würde mich sehr viel mehr belasten als dass es der Gesundung dienlich wäre.« Katrin und Klaus nickten zustimmend. »Offenbar hat Dr. Runen aber Leon von meiner Krankheit erzählt, denn vor einer Woche hatte ich ein seltsames Gespräch mit Leon. Er sagte, wenn ich wolle, könne ich von Dr. Runen Schadensersatz fordern, weil er ja ausgeplaudert hatte, dass ich an Bauchspeicheldrüsenkrebs erkrankt sei. Ich habe ihm gesagt, das müsse kein Geheimnis sein. Schließlich sei es ja keine Schande. Er hat mir dann vorgeschlagen, Halbe-Halbe zu machen. Ich höre ihn noch sagen. »Was hältst du von 2500 für mich, 2500 für dich?« Katrin und Klaus ließen die Dame weiterreden. »Ich habe ihm gesagt, in meinem Alter sei Geld nicht mehr so wichtig.« »Und dann«, insistierte Klaus. »Nichts weiter«, Gertrud atmete tief durch. »Mir ist nur aufgefallen, dass der Herr Doktor sehr reserviert zu mir war. Zumindest bis zu diesem tragischen Vorfall. Vielleicht hat Leon ihn ja doch damit konfrontiert. Ich weiß nicht, ob es wichtig ist. Aber Sie hatten ja gesagt, wenn mir noch etwas einfällt.« Klaus setzte sich ein wenig gerader hin. »Wir danken Ihnen auf jeden Fall für die Information. Sie haben sehr gut daran getan, uns diese Geschichte zu erzählen. Wir würden, wenn es Ihnen nichts ausmacht, uns noch mal melden, wenn wir weitere Fragen haben. Meine Kollegin begleitet Sie noch hinaus.«

»Was meinst du, Klaus?«, wandte sich Katrin an Klaus, als sie wieder zusammen im Büro waren. »Ich habe auch noch mit der Mutter von dem toten Mädchen gesprochen. Da scheint Leon auch seine Finger im Spiel gehabt zu haben. Für mich reicht das langsam für ein Motiv von dem Arzt aus.« »Ich spreche mit Volker«, versprach Klaus.

Christian

»Unbefriedigend«, dachte sich Christian. »Wir haben jetzt schon den dritten Tag, nachdem Leon gestorben ist und wir haben immer noch nicht dessen Mörder. Normalerweise werden doch solche Morde innerhalb der ersten 24 Stunden aufgeklärt. Davon kann jetzt leider nicht die Rede sein.« Er hatte keine Idee und die Polizei vermutlich auch nicht. Seufzend erhob er sich und begab sich zum Briefkasten. Da lag schon seine Neue Westfälische. Das war eine gute Idee, die Zeitung zu abonnieren. So konnte er jeden Morgen wie einen Sonntag genießen. Er blätterte quer durch den Lokalteil, aber er konnte keine weiteren Informationen über den Fall entdecken. Das erschien ihm auch nicht so überraschend, schließlich war der Mord ja auch noch nicht aufgeklärt. So widmete er sich dem Lokalsport und hier der Arminia. Wie er war auch der Reporter der Zeitung ratlos, wie es passieren konnte, dass das letzte Spiel schon wieder nicht gewonnen wurde.

Christians Gedanken aber kreisten weiter um Leon und so nahm er sich noch einmal ein Blatt und schrieb die Namen der am Tatort gewesenen Bridgespieler auf. Der Mord ließ ihm einfach keine Ruhe.

Ursula: Hätte es als Gastgeberin am einfachsten gehabt, das Gift unterzumischen. Das Motiv reicht aber meiner Ansicht nach nicht

Gertrud: Mordet man in so hohem Alter noch? Eher unwahrscheinlich.

Sandra: Die Ärmste. Leon wäre aber auch nicht der Richtige für sie. Aber ein Motiv sehe ich nicht.

Mario: Hat eigentlich nichts von dem Tod, die Summe muss er trotzdem zurückzahlen. War er es trotzdem und hat mir nur etwas vorgespielt?

Hans: Ich sehe wirklich kein Motiv. Das Großmaul von Leon hat auch nicht einmal behauptet, besser Tennis spielen zu können als Hans. Spielte Leon überhaupt Tennis?

Reinhardt: Ich kann ihn nicht einschätzen. Natürlich hätte er es als Arzt nicht so schwer gehabt, Leon zu ermorden. Aber Reinhardt nimmt ja eigentlich seinen Beruf sehr ernst. Leben retten.

Otto: Sollte mich meine Menschenkenntnis so täuschen? Natürlich hat er ein Motiv, aber ist er deshalb ein Mörder. Ich denke, nein.

Der Mord war keine Affekthandlung. Niemand bringt einfach Gift mit und gibt es dann irgendwie Leon.

Ich werde mich weiterhin um das Motiv kümmern. Irgendjemand muss es ja tun.

Reinhardt

Christian genoss seine Tasse Kaffee. Das war eine gute Idee gewesen, auf den Bielefelder Kaffee umgestiegen zu sein, beglückwünschte er sich selber. Da klingelte sein Telefon. »Von Otten hier«, meldete er sich. »Reinhardt hier«, klang der Arzt am anderen Ende der Leitung nervös. »Du musst mir helfen.« »Geht es um Leon?«, erkundigte sich Christian, obwohl er die Antwort eigentlich schon kannte. »Ja natürlich«, bestätigte ihm Reinhardt. »Sagen wir ein Spaziergang um die Sparrenburg«, schlug Christian vor. »Da haben wir eine ungestörte Atmosphäre und können bei freiem Himmel unter uns sein. Schaffst du elf Uhr?«

So machte sich Christian auf den Weg zum Parkplatz unterhalb der Sparrenburg. Etwa gleichzeitig kamen er und der Arzt an. »Schön, dass du es einrichten konntest.« Reinhardt streckte seine Hand zur Begrüßung aus, die beiden begrüßten sich so durch Handschlag. »Sicher, was willst du mir denn erzählen?«, fragte Christian. »Also gut«, Reinhardt atmete tief durch und beschleunigte etwas seinen Schritt. »Leon war nicht der nette Student, für den er sich ausgegeben hatte. Er hat versucht, mich zu erpressen.« »Wie das?«, schob Christian kurz ein. »Leon meinte, er hätte vertrauliche Informationen, wie er mir schlechte Arbeit als Arzt nachweisen könne. Leon überraschte mich dann auch damit, dass er mich mit meiner Therapie bei Frau Krause konfrontierte und er hatte Fragen zu Melania Meier.« »Melania Meier«, fragte Christian überrascht. »Ja, das bedauernswerte Mädchen ist an Krebs gestorben, aber ich hatte die Ehre, ihr Arzt sein zu dürfen.« »Ein zweifelhaftes Vergnügen«, warf Christian ein. »Ich kann mir wirklich schönere Aufgaben vorstellen als ein todkrankes Kind als Arzt zu betreuen.« »Aber es ist mein Beruf, meine Berufung, Christian«, protestierte Reinhardt energisch. »Und Melania war so ein wunderbarer Mensch. Wie tapfer sie war. Aber ich schweife ab. Was ich sagen wollte, auch hier stellte Leon ein paar despektierliche Fragen, die sich einfach nicht gehörten. Weißt du Christian, was jetzt meine größte Sorge ist? Die Polizei oder du machen daraus ein Motiv und man will mir die Tat anhängen.« »Mit Recht«, sagte Christian eindringlich. »Wo denkst du hin?«, empörte sich Reinhardt. „Ich bin Arzt und habe mir nichts vorzuwerfen.« »Warum Reinhardt, sagst du es mir erst jetzt?« »Ich dachte«, stammelte der Arzt, »die Polizei oder du finden hier schnell einen Schuldigen und außerdem hätte ich es auch gar nicht erzählen müssen.« Die beiden gingen eine Weile schweigend die Promenade an der Sparrenburg entlang, dann ergriff der Arzt wieder das Wort. »Jetzt bin ich der Einzige, der ein Motiv hat, von dem die Polizei vielleicht Kenntnis erzielen kann. Du musst mir helfen.« Den letzten Satz schrie Reinhardt, andere Spaziergänger schauten sich neugierig nach den Beiden um. Christian beschloss, erst einmal nicht zu antworten. So gingen die Beiden eine Weile schweigend an der Promenade entlang.

»Du hast doch gesagt, Christian, du wirst den Schuldigen finden«, war Reinhardt jetzt wieder etwas ruhiger. »Dann tu doch auch etwas. Was hast du denn bisher gemacht? Na, ein paar Zettel ausfüllen lassen. Das reicht nicht, Christian, um den Mörder zu entlarven. Hattest du nicht gesagt, du kümmerst dich darum?« Christian legte einen Arm um Reinhardt. »Zwei Infos Reinhardt, eine für mich, eine für dich. Erst meine. Was weiß die Polizei bislang von deinem Motiv, was du mir gebeichtet hast?« »Bislang noch nichts«, beantwortete Reinhardt die Frage. »Zumindest nicht von mir. Und von Leon können sie es ja kaum haben, behaupte ich einmal.« »Stimmt«, lächelte Christian. »Wenn du es nicht warst, besteht auch nicht so viel Anlass, es ihnen auf die Nase zu binden. Ich wüsste auch nicht, wie der Amtsschimmel das herausbekommen will. Bei meiner Frau haben die sich schließlich auch keine große Mühe gegeben. Aber ich werde mich kümmern, Reinhardt. Und jetzt zu etwas ganz anderem. Was hältst du davon, wenn wir beide mal wieder zusammen ein Bridgeturnier spielen?« »Meinst du, wir werden in unserem Club jemals wieder spielen können, Christian? Nach allem, was da am Samstag passiert ist«, fragte Reinhardt ungläubig. »Das geht natürlich erst, wenn wir den Täter gefasst haben, Aber ich dachte hier auch nicht unbedingt an unseren Club. Was hältst du von nächstem Montag beim Leineweber Bridgeclub?«, schlug Christian vor. »Das wäre dann ja ein richtig großes Turnier, wir würden 25 bis 30 Boards spielen müssen«, antwortete Reinhardt unsicher. »Überlege es dir, wir müssen uns ja noch nicht jetzt anmelden.

Wenn wir das am Wochenende machen, reicht das immer noch«, blieb Christian bei seiner Idee. »Du bist aber vom Thema abgewichen«, kam Reinhardt wieder zu Leon zurück. »Ich habe dir doch jetzt eine Menge Informationen gegeben, dir eine Menge anvertraut, von dem ich hoffe, dass du es nicht gegen mich verwendest. Was hast du denn an Informationen für mich?« »Eigentlich nichts, was du nicht schon längst weißt«, begann Christian. »Leon war irgendwie kein guter Mensch. Ich kann dir versichern, dass nicht nur du ein Motiv gehabt hattest, diesen Herrn um die Ecke zu bringen. Es gibt hier durchaus auch andere Tatverdächtige, wenn man nur nach dem Motiv geht. Lass uns aber von etwas Schönem reden. Was sagst du zu dem Spiel der Arminia?« »Ich dachte, wir wollten über etwas Schönes reden«, lachte Reinhardt. »So wird das nie etwas mit dem Klassenerhalt.«

Sandra

Christian ließ sich das Gespräch noch einmal durch den Kopf gehen. Wenn das so weiter ging, hätte jeder der Sieben ein richtig großes Motiv gehabt, um Leon um die Ecke zu bringen. Aber welches Motiv war jetzt stark genug, um Leon tatsächlich kaltblütig zu ermorden? Wer verschwieg ihm etwas? Christian war sich unsicher. »Heute Abend werde ich aber erst einmal bei einem Champions League Spiel der Bayern ein wenig abschalten. Wenn meine Gedanken nur um den Mord von Leon kreisen, hilft das ja auch so niemanden weiter.« Als Christian sich gerade anschaute, mit welcher Aufstellung die Bayern antreten wollten, klingelte erneut das Telefon. »Von Otten hier,« meldete er sich. »Hier ist Sandra«, hörte er. »Wie weit bist du denn schon bei der Mördersuche fortgeschritten?« »Ich«, versuchte Christian anzusetzen, aber es fehlte ihm die Worte, wie er seinen bisherigen Stillstand als Erfolg darstellen konnte. »Will heißen, du bist noch nicht wirklich weiter«, hörte Christian Sandra lachen. »Bislang ist aber deine Konkurrenz, die Polizei, auch nicht weiter. Mich haben die bislang nur einmal verhört, und das auch nur eher oberflächlich. Ich glaube, ich helfe dir einmal, den Mörder oder die Mörderin zu finden.« »Und wie?«, fragte Christian, der sich etwas überrumpelt vorkam. »Ich denke, wir kochen zusammen etwas Hübsches und entwerfen dabei einen Schlachtplan, wie wir den Mörder überführen können.« Sandra klang nicht, als ob sie fragen wollte, eher als ob sie das jetzt bestimmte. Christian dachte mit Wehmut an seinen Fußballabend, den es so jetzt nicht geben würde. Andererseits, vielleicht hätte Sandra ja Ideen, die er nicht hatte. »«Also gut, so machen wir es«, gab er sich einen Ruck. »Du kommst dann etwa gegen sieben?« »Vorher schaffe ich es sowieso nicht. Ich muss vorher noch einkaufen gehen. Bis später. Dann können wir auch bei dir kochen.« Christian hörte noch, wie Sandra den Hörer auflegte.

Katrin

»Was meint ihr, reicht das für einen Haftbefehl?«, fragte Volker in die Runde, in der neben Katrin und Volker auch Mandy saß. »Ich bezweifle nicht, dass Dr. Reinhardt Runen damit ein erstklassiges Motiv hat, aber das reicht in meinen Augen bestenfalls für Verdacht, für dringenden Tatverdacht ist die Beweislage zu dünn«, beantwortete sich Volker die Frage selber. »Aber wie du erwähnt hast, für eine Vernehmung als Tatverdächtiger reicht das auf jeden Fall aus«, sagte Katrin. »Ich fände es zumindest sehr unbefriedigend, wenn wir dieser neuen Information nicht nachgehen würden.« »Da gebe ich dir ja uneingeschränkt recht«, stimmte Volker zu. »Das Tatmotiv ist zumindest besser als das vom Lehrer, wo ich davon ausgehe, dass hier gewisse Verjährungsfristen gelten.« »Schlechter Unterricht verjährt nicht«, plapperte Mandy dazwischen. »So schnell verzeihe ich meinem

Mathelehrer nicht.« Volker aber schüttelte diesen Einwand beiseite: »Diesmal war es aber genau anders herum, Mandy. Dein Mathelehrer müsste dich so sehr hassen, dass er dich Jahre später tötet. Das ist zumindest mal unwahrscheinlich. Deshalb denke ich auch, dass das Motiv schwächer ist als das von unserem Doktor. Laden wir ihn also vor. Wer vermittelt denn Herrn Dr. Runen die Ladung?« Alle schauten auf Katrin. »Ich würde gerne noch die Bank von Leon interviewen und heute pünktlich Feierabend machen«, zeigte sich Katrin von der zusätzlichen Aufgabe nicht angetan. »Ich habe heute Abend einen Spieleabend«, schob sie hinterher. »Ich mach das dann selber, ist halt Chefsache«, kürzte Volker die Suche ab.

Katrin fuhr auf den Kundenparkplatz der Bank. Den Filialleiter kannte sie gut. Er war in einem früheren Fall sehr kooperativ gewesen und sie hoffte, das würde er auch diesmal tun.

»Schön, Sie wieder hier zu sehen, wenn auch zu einem so traurigen Anlass«, wurde Katrin im Büro von Herrn Werner, dem Filialleiter begrüßt. »Sie hatten gefragt, was mit der EC-Karte von Leon Rincke in den letzten vier Tagen passiert ist, ob und wann sie zum Einsatz gekommen ist.« »Ja, genau«, bestätigte Katrin. »Sie haben das sehr gut beschrieben. Und ja, wenn es hier zu Schwierigkeiten kommen sollte, werde ich Ihnen die entsprechenden Verfügungen der Staatsanwaltschaft natürlich nachreichen. Aber in einem Tötungsdelikt ist die EC-Karte vom Opfer wirklich Formsache.« »Die letzte Aktion, die mit der EC-Karte gemacht worden ist, ist ungewöhnlich, Frau Kulina. Es sind nur Kontoauszüge von dem Bankterminal abgerufen worden, aber es kam zu keinerlei Geldabhebungen. Das war Samstagnachmittag.« Katrin war alarmiert. Zu dem Zeitpunkt konnte Leon sich die Auszüge nicht selber geholt haben. »Können Sie das konkretisieren? Haben Sie hier vielleicht sogar Videoaufzeichnungen von dem Terminal?« Katrin war jetzt sehr gespannt. »Aber sicher, wenn Sie ein wenig warten«, zeigte sich Herr Werner auch dieses Mal kooperativ.

Gemeinsam schauten Katrin und Herr Werner auf die Aufnahmen. Die Uhr zeigte jetzt 16:58. Das war jetzt etwas zu viel für Katrin. Sie sah, wie Christian etwas unsicher die Bank betrat und sie kurze Zeit später mit den Kontoauszügen wieder verließ. »Vielen Dank, Sie haben mir wirklich sehr geholfen«, bedankte sich Katrin. »Wollen Sie die Kontoauszüge auch haben?«, fragte Herr Werner nach. »Nein danke, das ist zwar sehr nett von Ihnen, aber nicht notwendig. Ich hole sie mir morgen von dem netten Mann auf dem Foto ab.«

»Eigentlich könnte ich ja jetzt Feierabend machen«, überlegte sich Katrin, aber sie schaute noch einmal auf ihr Diensthandy. »Komm doch bitte, wenn möglich noch einmal in das Präsidium. Wir haben eine kleine spontane Pressekonferenz«, las sie auf dem Display. »Das schaffe ich noch«, dachte sich Katrin. »Ein wenig Zeit habe ich noch. Wenn Volker klein schreibt, meint er auch klein.«

»Hier bin ich«, sagte sie gutgelaunt, als sie in das Büro von Volker ging. »Schön, fast eine Punktlandung«, freute sich ihr Chef. »In zehn Minuten geht es los. Wir haben das glücklicherweise lokal halten können. Es kommen also nur Vertreter von Radio Bielefeld, der Neuen Westfälischen, dem Westfalenblatt und dem WDR.« »Wieder diese Almut Dronwitz von der NW?«, erkundigte sich Katrin. »Komm schon, heute können die uns nicht wirklich ausfragen. Ich weiß noch nicht einmal, ob ich Fragen zulassen werde«, beruhigte sie Volker. »Aber danke, dass du auch gekommen bist. Es sieht immer gut aus, wenn das ermittelnde Team auch mit an Bord ist.« »Sehe ich ja ein«, seufzte Katrin. »Ach übrigens, ich bin in der Bank weitergekommen. Aber das erzähle ich morgen auf der Dienstbesprechung. Dieser Vorsitzende des Bridgeclubs ist wirklich das Letzte.« »Mach das, das hat jetzt wirklich Zeit bis morgen.«

»Ich darf die anwesenden Pressevertreter im Namen der Polizeidirektion Bielefeld herzlich willkommen heißen. Um es vorwegzunehmen. Wir haben bisher zwar eine heiße Spur, aber wie Sie sicher verstehen, können wir zum jetzigen Zeitpunkt keine Informationen an die Öffentlichkeit geben«, eröffnete Volker. »Mein Name ist Almut Dronwitz von der Neuen Westfälischen. Was sollen wir denn unseren Lesern schreiben? Können wir davon ausgehen, dass sie den Fall bald gelöst haben werden?«, kam es sofort zu einer Rückfrage. »Was Sie schreiben, bleibt Ihnen überlassen, sofern es kein Blödsinn ist«, heiterte Volker die Gruppe auf. »Natürlich arbeiten wir mit Hochdruck an der Auflösung des Mordfalles. Wir verfolgen hier auch neue Informationen. Natürlich werden wir mit der weiteren Spurensuche den Täter weiter in die Ecke treiben. Weitere Fragen?« »Sie sprechen von einer heißen Spur. Wen verdächtigen Sie denn?«, fragte ein junger Mann, der offenbar zu dem Westfalenblatt gehörte. »Wie gesagt, zum jetzigen Zeitpunkt wollen wir noch keine Informationen preisgeben«, wiederholte sich Volker. »Aber seien Sie gewiss. Wenn wir Informationen haben, werden wir Sie natürlich als erstes informieren.« Katrin schaltete ab. Volker machte seine Sache gut und sie würde rechtzeitig zum Spieleabend zu Hause sein. Nur das interessierte sie wirklich.

Jörn

»Schön, dass ihr da seid«, begrüßte Katrin Jörn und Maria. Sie kannte Maria noch aus der Schulzeit. Zwischendurch waren sie sogar beste Freundinnen gewesen, aber jetzt war der Kontakt etwas abgekühlt. »Ich habe, ganz die perfekte Gastgeberin, auch ein paar Snacks gemacht. Kommt doch herein.« »Du meintest, machen lassen«, lachte Andreas. »Ich sehe, ihr habt Siedler mitgebracht.« »Ich habe gestern das erste Mal ein wenig Bridge spielen dürfen«, ignorierte Katrin den Vorschlag, Siedler zu spielen. »Das war irgendwie spannend.« Jörns Augen leuchteten. »Du weißt, auch ich und Maria können Bridge spielen, und soweit ich weiß, auch Andreas.« Andreas nickte. »Dann bekommst du heute eine Bridgestunde«, erklärte Jörn. „Siedler können wir das nächste Mal wieder spielen. Ich hoffe, Katrin, ein wenig weißt du schon.«»Ja, vor kurzem habe ich die ersten Grundzüge des Spieles kennengelernt«, erinnerte sich Katrin an ihren Besuch bei Christian. »Du spielst natürlich mit Andreas und ich mit Maria. Es geht bei dem Spiel, das weißt du ja schon, zunächst darum Stiche zu versprechen und in einem zweiten Abschnitt darum, diese Stiche auch im Spiel zu realisieren. Zunächst aber wollen wir einschätzen, wie gut unser Blatt ist, wie viele Stiche wir also in etwa versprechen können. Hierzu zählt man für jedes Ass in seinem Blatt 4 Punkte, für jeden König 3 Punkte, für jede Dame 2 Punkte und für jeden Buben 1 Punkt. Für alle anderen Karten jeweils Null Punkte. Das hat sich so bewährt und im Großen und Ganzen wird das auf der ganzen Welt so gemacht. Da es von jeder der Karten vier Stück gibt, sind insgesamt 40 Punkte im Spiel. Und es gibt 13 Stiche. Somit kann man sagen, pro Stich braucht man etwa drei Punkte.«»Das leuchtet ein«, stimmte Katrin zu. »Das Abrechnungssystem, um was wir uns heute auch nicht kümmern«, fuhr Jörn fort, »ist so konzipiert, dass man möglichst viel verspricht. Es ist also keine gute Idee, nur sieben Stiche zu versprechen, obwohl man locker 10 oder 11 Stiche hätte machen können. Aber wie gesagt, darum kümmern wir uns ein anderes Mal. Wir spielen jetzt ein sehr vereinfachtes Bietsystem. Jeder zählt seine Punkte. Wer am meisten Punkte hat, wird Alleinspieler. Die Punkte von ihm und seinem Partner werden zusammengezählt und durch dreigeteilt. Wir versuchen optimistisch zu versprechen, wir runden also die gewonnene Zahl auf. Hat also Katrin 13 Punkte und Andreas 12 Punkte, dann haben die beiden zusammen etwa 25 Punkte, durch drei etwa 8,3 Stiche, also versucht Katrin 9 Stiche und mehr zu machen. Jetzt spielen wir auch noch ohne Trumpffarbe. Alles klar?« Alle nicken.

Kurze Zeit später hatte Katrin die Aufgabe, zehn Stiche zu machen. Die Karten von Andreas lagen schön nach Farben sortiert auf dem Tisch. Katrin sah am Tisch folgende Pikkarten:

Ass, Bube, 8, 4.

In ihrer Hand hatte sie ein Pik

Dame 10 7 3.

Sie hatte gerade einen Stich in Karo gewonnen. Zeit, Pik zu spielen, dachte sie sich und spielte aus ihrer Hand die Pik 3. Jörn legte die Pik 9 und Katrin das Ass Maria steuerte die Pik 2 bei. Aber der König war noch in den verdeckten Händen der Gegner. Katrin wandte sich daher anderen Farben zu. Mangels besserer Ideen spielte sie kurze Zeit später die Pik 7 aus der Hand. Jörn bediente mit dem König, Katrin gab am Tisch die 4 zu und Maria die Pik 6. Am Ende hatte Katrin neun Stiche gemacht. »Du hättest einen Stich mehr in Pik machen können«, erklärte Jörn. »Wenn du beim ersten Pikstich nicht das Ass legst, sondern den Buben, muss Maria immer noch von 2, 5 und 6 eine Karte zugeben. Der Bube wäre dann die höchste Karte gewesen und hätte den Stich gemacht. Wenn du das nächste Mal wieder in der Hand gewesen wärst, hättest Du wieder Pik spielen können. Ich hätte den König zugeben müssen und du hättest dann natürlich das Ass gelegt. Im Bridge sagt man auch Schnitt zu so einer Spielweise.« »Ich habe noch nicht den Überblick, was ich wann machen soll«, gab Katrin kleinlaut zu. »Du hast doch gut gespielt, ohne den fehlenden Pikschnitt waren nicht mehr als neun Stiche zu erzielen.« »Aber trotzdem«, beharrte Katrin. »Wenn du mir einmal an einem einfachen Beispiel erklären könntest, wie ich die Karten richtig spiele.« »Also gut«, sagte Jörn und legte für Katrin vor Andreas folgende Karten auf den Tisch:

Pik: K 4 3

Couer: A B 3   Karo: B 7 4 3 2

Treff: 8 2

und in deiner Hand hältst du

Pik: A 7 5

Coeur: K D 5   Karo: K D 10 8 6

Treff: A 3

Du hast zusammen 9 Punkte am Tisch und 18 in der Hand, zusammen also 27 Punkte. Du musst gleich also mindestens neun Stiche machen. Von mir kommt als erste Karte die Pikdame, die liegt jetzt auf dem Tisch. Betrachte jede Farbe. In Pik wirst du das Ass und den König machen, das sind zwei Stiche. In Coeur hast du zwar die höchsten vier Karten mit Ass, König, Dame, Bube, aber du kannst nicht mehr Stiche machen, als du Karten am Tisch und in der Hand hältst. In diesem Fall sind das drei Stiche, weil du in beiden Händen nicht mehr als drei Karten hältst. In Karo fehlt das Ass. Bislang kannst du da gar keinen Stich machen. In Treff hast du das Ass, aber nichts weiter und sowieso nur vier Karten in der Farbe. Das sind insgesamt sechs sogenannte Sofortstiche. Dir fehlen demnach noch mindestens drei weitere Stiche. Ich denke, du siehst auch, dass du aus 3,4,5 und 7 in Pik keine weiteren Stiche wirst zaubern können. Coeur hatten wir gerade schon, da gibt es auch keine weiteren Stiche. In Treff wirst du aus 2,3 5 auch keinen weiteren Stich organisieren können. Bleibt die Karofarbe. Hier fehlt vor allem das Ass. Du hast alle Karten, die unter dem Ass sind. Wenn das Ass einen Stich macht, würdest Du danach vier Stiche machen können. Du spielst daher Karo (den König zum Beispiel) und immer wieder Karo, wenn der Gegner duckt.«»Was ist ducken?«, fragte Katrin dazwischen.

»Verzeihung, ich bin in meiner Sprache. Der Gegner ist nur verpflichtet, auf den Karokönig eine Karokarte zu legen, wenn er sie hat. Er muss nicht das Ass legen. Wenn er stattdessen eine kleine Karte legt, nennt man das ducken. Aber irgendwann wird dein Gegner mit dem Ass den Stich gewinnen und irgendeine Karte nachspielen. Du machst auf die Weise dann zusätzlich zu den sechs Sofortstichen noch vier Karostiche, so dass du dann insgesamt auf zehn Stiche kommst.« Katrin bedankte sich. »Aber nicht, dass du denkst, alle Spiele seien so einfach wie dieses«, lachte Jörn. »Jedes Spiel ist anders, das macht auch den Reiz des Spieles aus. Du hast bisher nur einen kleinen Einblick erhalten. Und um Reizung und Farbspiele haben wir uns bisher gar nicht gekümmert.«

»Wie sieht es jetzt noch mit einer Runde Siedeln aus?«, schlug Maria vor, nachdem sie noch eine weitere Stunde auf diese Weise Bridge spielten. »Wir können demnächst wieder Bridge spielen«, sagte Jörn zu Katrin. »Bis dahin gebe ich dir noch eine Übungsaufgabe mit. Am Tisch siehst du

Pik: A K B 4 3 2

Coeur: A 4   Karo: 10 5

Treff: 10 8 3

und in der Hand hast du

Pik: D

Coeur: K 9 7 5   Karo: A K 3 2

Treff: B 7 5 4

Dein Gegner hat die Coeurdame auf den Tisch gelegt. Wie machst du jetzt mindestens neun Stiche?« »Ich mache mir darüber Gedanken«, versprach Katrin. Ihre Gedanken kreisten sofort um diese Aufgabe.

Christian

»Ich tappe immer noch im Dunkeln«, dachte sich Christian.
»Aber langsam wird es Zeit für eine heiße Spur. Ich versuche es
einmal: Ursula ist verdächtig. Natürlich bekommt sie ihr Geld
nicht zurück, aber so viel Geld, wie sie hat, vielleicht ist das auch
gar nicht so wichtig. Aber mir fehlt ein Zugang, wie ich sie
geschickt befragen könnte, dass es nicht auffällig wirkt. Es sind ja
nur sieben Verdächtige, so schwer kann es eigentlich nicht sein.
Vielleicht könnte ich sie heute noch anrufen. Obwohl, in einer
Stunde kommt Sandra, vielleicht sollte ich vorher noch ein wenig
die Wohnung in Schuss bringen. Also beschränke ich mich erst
einmal auf Putzen und Aufräumen.«

Christian schaute noch einmal in seinen Emailaccount und
fand eine Nachricht von Hans.

Hallo Christian,

*bleibt es morgen um elf Uhr auf dem Tennisplatz. Ich müsste mich nach
dem Stress in den letzten Tagen noch mal auspowern. Weißt du schon mehr
wegen Leon?*

Viele Grüße Hans

»Warum fragt Hans nach?« dachte sich Christian. Natürlich
konnte man morgen Tennis spielen. Christian beschloss, gleich
auf die Nachricht zu antworten.

Hallo Hans,

*natürlich bleibt es dabei, dass du morgen mit mir Tennis spielen darfst.
Aber du kannst dich anstrengen, so viel du willst, ich werde morgen beim
Tennis gewinnen. Bei dem Mord bin ich leider noch nicht weitergekommen.
Soweit ich weiß, ist die Polizei aber auch nicht weiter.*

Bis morgen um 11 Uhr viele Grüße Christian

»Ich hoffe nicht, dass Sandra zu hohe Ansprüche an meine Wohnung hat. Auch zu hohe Anforderungen an meine Kochkünste kämen mir nicht gelegen«, machte sich Christian Sorgen. »Ich würde mich als durchschnittlichen Koch bezeichnen, aber ob sie das ähnlich sieht. Aber vielleicht kocht sie ja selbst. Wer kochen soll, dazu hat sich Sandra nicht geäußert. Und hoffentlich denkt sie nicht, ich wäre mit einem Spatzenmagen ausgestattet.«

Christian ging noch einmal durch seine Dreizimmerwohnung. Die Wohnküche hatte er bereits für Sandra vorbereitet. Er hatte den Tisch gedeckt, einen großen Esstisch aus Kastanie, der auch acht Gästen Platz geboten hätte. Vom Platz von Sandra hatte man einen Blick auf die Sparrenburg. Ein Kerzenständer war zwischen den beiden gedeckten Stühlen, darauf wartend, dass das Essen beginnen würde. Dann wollte Christian die Kerzen anzünden. Candlelightdinner eben. Christian erinnerte sich daran, dass das eher ein Arbeitsessen war. Sandra hatte versprochen, Ideen zu haben, die zur Aufklärung des Mordes beitragen würden. Daher hatte er im Wohnarbeitszimmer auf dem Couchtisch einige Karteikarten und verschiedenfarbige Stifte gelegt. Das Ledersofa, das den Couchtisch umgab, erglänzte in strahlendem Weiß. Christian war immer noch stolz auf seinen Kauf von vor zwei Jahren, mit dem er dem Wohnzimmer Eleganz gab. Mit der hellgrünen Wand wirkte das Zimmer seiner Auffassung nach ausgesprochen modern. Vom Wohnzimmer ging ein kleiner Balkon ab, der aber von Christian nicht übermäßig gepflegt wurde. Die Aussicht ließ hier auch etwas zu wünschen übrig, man konnte vor allem den Ostwestfalendamm, die Stadtautobahn Bielefelds, sehen und leider auch hören. In der anderen Ecke des Wohnzimmers hatte Christian seine PC-Ecke eingerichtet. Hier standen jetzt zwei Stühle vor dem Schreibtisch, er hatte sowohl den PC als auch den Drucker eingeschaltet. Momentan war allerdings nur ein Stuhl einsatzbereit, auf dem anderen hatte es sich Maunzi bequem gemacht.

Christian warf noch einmal einen Blick auf sein Badezimmer. Alles glänzte, so wie es sein sollte. Er war zufrieden mit sich. Er zog noch die Türe seines Schlafzimmers zu. Sandra konnte kommen.

Sandra

Es klingelte bei Christian um Punkt sieben. »Du bist ja pünktlich wie die Uhr«, begrüßte Christian Sandra, während sie die Treppe hinaufstieg. Sie war bewaffnet mit einem Korb voller Essenssachen. Christian realisierte, dass sich Sandra die Haare rot gefärbt hatte, bevor sie gekommen war. Sie trug eine elegante schwarze Bluse und enge Jeans. Dezent hatte sie ihre Wimpern gefärbt, und einen eher unauffälligen Lippenstift aufgetragen. »Du siehst ja schick aus«, entfuhr es Christian. »Danke gleichfalls, aber lass uns gleich anfangen«, antwortete sie. Dass er schick aussah, sah Christian ein wenig anders, er hatte sich mit einer bequemen Jeans und seinem blauen Lieblingspullover zufriedengegeben. »Wie du siehst, habe ich uns etwas zu essen mitgebracht. Wenn du möchtest, kannst du mir ja etwas beim Kochen helfen«, schlug Sandra vor. »Was gibt es denn Gutes?«, fragte Christian neugierig. »Heilbuttfilet, Bratkartoffeln und Kopfsalat mit einer Zitronensoße. Jetzt sind erst einmal die Vorarbeiten dran, Kartoffeln schälen und in Scheiben schneiden, den Salat putzen«, übernahm Sandra gleich das Kommando in der Küche. »Ich schäle die Kartoffeln«, fügte sich Christian und holte das entsprechende Werkzeug aus einer Schublade. »Jetzt hast du fünf Minuten Zeit«, sagte Sandra. »Ich mache den Rest. Setz dich schon mal hin. Wie ich sehe, hast du den Tisch ja schon schön gedeckt.« Sandra und Christian genossen weitgehend schweigend das Abendessen. Dabei tranken sie einen guten Riesling, den Sandra auch mitgebracht hatte.

»Bist du denn weitergekommen?«, fragte Sandra, als sie das Essen beendet hatten. »Lass uns ins Wohnzimmer gehen«, schlug Christian vor. So machten es sich die beiden es sich auf dem Sofa bequem. »Nein, leider nicht. Ich kann die Motive, die vorhanden sind, nicht so auslegen, dass eines als für einen Mord als ausreichend angesehen werden könnte«, fasste Christian seine bislang mäßigen Ergebnisse zusammen. »Wir brauchen also weitere Ergebnisse«, versuchte sich auch Sandra an den Ermittlungen. »Ich würde vorschlagen, wir machen eine Trauerfeier für Leon. Das sollten wir als Bridgeclub sowieso machen, aber vielleicht ergibt sich etwas Neues, etwas, was uns weiterbringt.« »Wie im Tatort«, lachte Christian, wurde aber gleich wieder ernst. »Ich muss gestehen, mir ist die Idee bislang gar nicht gekommen, weder als Vorsitzender unseres Bridgeclubs, noch als Verantwortlicher, der den Tod von Leon aufklären soll. Wo meinst du denn, soll die Trauerfeier stattfinden?« »Am Tatort natürlich«, schlug Sandra vor. »Gute Idee, wir sollten nicht zu lange warten, ich würde Donnerstag, also übermorgen vorschlagen«, plante Christian weiter. »Bis dahin sollten wir alle eingeladen haben.«. »Gut, dann Donnerstag«, war Sandra einverstanden. »Nicht so schnell, erst müssen wir einmal Ursula fragen«, bremste Christian zunächst, um dann fortzufahren: »Aber ich regle das schon.« Christian ging zum Telefon und wählte Ursulas Nummer.

»Hallo Ursula, ich bin es Christian.« »Guten Abend Christian, was kann ich für dich tun?«, nahm Ursula den Hörer ab. »Wir haben uns überlegt«, begann Christian, »dass der Bridgeclub eine Trauerfeier für Leon veranstalten sollte. Ich finde, das sind wir Leon schuldig.« »Was für eine ausgezeichnete Idee«, lobte Ursula. »Du stimmst auch mit uns überein, dass wir mit der Trauerfeier nicht so lange warten können. Wir haben an diesen Donnerstag gedacht«, fuhr Christian fort. »Unbedingt, ich bin ganz bei dir«, stimmte Ursula weiter zu. »Ich denke 17 Uhr, da müssten es alle einrichten können.« Christian wartete die Reaktion ab. Auch hier bekam er Zuspruch. »Wir haben uns gedacht, dass es nur einen richtigen Ort für die Trauerfeier geben kann«, hob Christian an. »Wir müssen sie bei dir machen.« »Wirklich?«, fragte Ursula wenig begeistert und unsicher. »Ganz wirklich, das müssen wir aus verschiedenen Gründen machen. Zunächst wäre es natürlich ein tolles Ambiente«, startete Christian mit Schmeicheln. »Auch war es der Ort, den Leon liebte, der Bridgetisch und es war, das dürfen wir ja auch nicht vergessen, der Tatort ... Ich habe Hoffnung, dass wir auch so die Schlinge um den Täter enger ziehen können.« »Meinst du wirklich?«, zierte sich Ursula. »Ja, ich bin mir sicher, das ist der beste Weg, um weiterzukommen«, klang Christian selbstbewusst. »Du hast also eine heiße Spur?«, fragte Ursula hoffnungsvoll und fügte hinzu. »Aber das heißt, der Mörder würde ein zweites Mal in mein Haus kommen. Und wenn er ein zweites Mal mordet?« »Ursula, wir müssen jetzt zusammenhalten. Der oder die Mörderin werden sich nicht trauen, ein zweites Mal ihr Unwesen zu treiben. Diesmal passe ich ja mit auf«, überredete Christian sie. »Ich werde auch etwas früher da sein.« »Muss ja wohl«, seufzte Ursula. »Du bist ein Schatz«, bedankte sich Christian.

»Das hätten wir«, sagte Christian zu Sandra, nachdem er den Hörer aufgelegt hatte. »Bei anderen Anlässen hätte man darauf durchaus einen Sekt trinken können. Aber wir müssen auch weiterkommen.« »Vielleicht einen Rotwein«, schlug Sandra vor und zeigte auf den Spätburgunder, den sie mitgebracht hatte. Christian nickte und holte zwei neue Gläser und öffnete die Flasche. »Wir müssen heute noch die Einladungen verschicken«, war Christian bei der Trauerfeier. »Wir brauchen einen Einladungstext«.

»Das hier müsste jetzt passen«, sagte Christian und Sandra pflichtete ihm bei.

Liebe Bridgefreunde,

leider hat uns unser Bridgefreund Leon Rincke letzten Samstag unter tragischen Umständen für immer verlassen. Aus diesem Anlass wollen wir an diesem Donnerstag um 17 Uhr in der Villa der Gräfin Ursula zu Hasten seiner gedenken. Um zahlreiches Erscheinen wird gebeten.

Christian von Otten,
Vorstand Bridge &TennisClubs Bielefeld

»Jaqueline ist auch Mitglied bei uns«, wunderte sich Sandra, als sie auf die Adressliste schaute. »Ja, damals dachte Hans noch, sie würde etwas öfter spielen, aber ich habe sie seit der Gründungsveranstaltung kein weiteres Mal mehr gesehen. Macht, soweit ich weiß, ganz viel mit ihrer Gitarre«, nickte Christian ihr zu. »Wie auch einige andere auf der Liste«, bemerkte Sandra. »Aber wir wollen alle einladen, inklusive der Karteileichen. Wir wollen niemanden ausschließen«, stellte Christian fest. »Ich werde mich dann morgen an die Arbeit machen und eine Trauerrede entwerfen. Das ist eine undankbare Aufgabe für einen Vorsitzenden«, war Christian schon einen Tag weiter. »Was machen wir denn mit den Mitgliedern ohne Emailadresse? Das sind zwar nur fünf, aber immerhin«, fragte Sandra, die noch einmal einen Blick auch die Mitgliederliste geworfen hatte. »Die Post ist wohl zu langsam, ich würde sie dann wohl anrufen müssen, obwohl ich lieber die Einladungen schriftlich verschicken würde«, seufzte Christian. »Ich könnte ein wenig in der Stadt herumfahren und die Einladungen in die jeweiligen Briefkästen werfen«, schlug Sandra vor. »Die wohnen ja alle in Dornberg oder Heepen.« »Das würdest du machen, das wäre großartig. Das ist super lieb von dir«, freute sich Christian. So druckten die beiden die fünf Einladungen aus. »Lass uns auf unsere Zusammenarbeit noch einmal anstoßen«, schlug Sandra vor. »Das war ein wunderschöner Abend«, stellte Christian fest, als sie ihre Rotweingläser geleert hatten.

»Christian, leider kann ich jetzt gar kein Auto mehr fahren. Kann ich bei dir übernachten?«, überrumpelte Sandra ihren Gastgeber. »Sicher, ich schlafe dann auf dem Sofa«, sagte Christian und zeigte Sandra sein Schlafzimmer. Kurze Zeit später hörte er: »Kann ich noch ein Glas Wasser haben?« »Sicher«, murmelte Christian und kam mit dem Glas in das Schlafzimmer. Sandra hatte sich schon zugedeckt, aber ihre Kleider säuberlich vor das Bett gelegt. Ganz oben lagen Schlüpfer und BH. Sie legte das linke Bein frei und griff mit dem rechten Arm nach dem Wasser. »Bist du sicher, dass du im Wohnzimmer schlafen möchtest?«, hauchte sie.

Christian gingen tausend Gedanken durch den Kopf. Sandra hatte ihn an die Tatorte erinnert und wie oft hatte er gesehen, dass ein unglücklicher Kommissar mit einer Täterin schlief. Konnte er dann noch vorurteilsfrei Sandra überführen, wenn sie die Mörderin war? Er schaute Sandra noch einmal an. Ihr Oberkörper war frei und sie zeigte ihm einen Kussmund. »Nein«, sagte Christian zu sich selbst. Seit dem Tod von Iris hatte er keine Frau mehr in sein Schlafzimmer gelassen. »Sandra ist für den Tod nicht verantwortlich«, entschied Christian für sich. Er löschte das Licht und zog Sandra zu sich.

Mittwoch

Katrin

»Habe ich schlecht geschlafen«, begrüßte Katrin ihren Mann
Andreas. »Weshalb, lässt dir der Tote keine Ruhe oder irgendwelche Bridgeprobleme?«, fragte Andreas zurück. »Beides«, gab
Katrin zu. »Obwohl, ich glaube, das Bridgeproblem habe ich
gelöst. Was man leider von diesem Mord an dem Bridgespieler
nicht behaupten kann.« »Aber das musst du ja nicht alleine
schaffen«, merkte Andreas an. »Soweit ich weiß, seid ihr ein
richtig großes Team. Und ihr schafft das schon gemeinsam.« »Ja
schon«, war Katrin nicht wirklich überzeugt. »Aber es wäre
doch schön, wenn der Fall gelöst wäre und ich meinen Beitrag
dazu geleistet hätte.« »Großen Beitrag«, neckte Andreas sie. »Ja
großer Beitrag. Aber jetzt werde ich einen Beitrag zum Famili-
enleben leisten«, wechselte Katrin Thema und Stimmlage. Sie
ging zu ihrer Tochter. »Anziehen, Große. Auf geht es in den
Kindergarten.«

Nach dem kleinen Umweg inklusive einem kurzen Plausch
mit einer der Erzieherinnen von Sina kam Katrin im Polizeire-
vier an. Sie machte sich eine Tasse Kaffee und begrüßte ihre
Kollegen. »Hallo erst einmal. Was Neues von der Front?«
»Münster hat sich gemeldet. Die Todesursache ist ein Giftmix,
wie er bei einer speziellen Sorte der Landgarten-Kegelschne-
cken vorhanden ist. Eine synthetische Herstellung schließen
die Kollegen aus. Der Mörder muss Wissen gehabt haben, wie
man das Gift am besten extrahieren kann. Aber leider kann er
das durch ein paar Klicks im Internet auch schaffen. Ein Biolo-
giestudium braucht man dazu nicht. Wir haben für jetzt gleich
Herrn Dr. Runen auf das Präsidium vorgeladen«, brachte sie

Klaus auf den neuesten Stand. »Und Volker möchte ihn persönlich vernehmen. Ich soll dabei sein. Wir verhören ihn dann als Verdächtigen.« »Dann kann ich mir ja in der Zeit die Kontoauszüge von Leon abholen«, freute sich Katrin. »Von diesem Möchtegernermittler?« kicherte Mandy. »Ja, genau dieser«, antwortete Katrin. »Wenn du möchtest, kannst du mich begleiten. Musst du aber nicht. Ich denke, ich starte in einer Viertelstunde, jetzt muss ich mich noch um etwas anderes kümmern.«

Jörn

Katrin hatte beschlossen, erst einmal Jörn anzurufen. Dieses Bridgeproblem ließ sie unruhig werden, das duldete leider keinen Aufschub. »Hallo Jörn, ich habe über die Aufgabe nachgedacht, die du mir gegeben hast. Ich denke, ich habe sie gelöst. Ich habe sie noch einmal vor mir.

Auf dem Tisch liegen:

Pik: A K B 4 3 2
Coeur: A 4   Karo: 10 5
Treff: 10 8 3

und in meiner Hand halte ich:

Pik: D
Coeur: K 9 7 5   Karo: A K 3 2
Treff: B 7 5 4

und der linke Gegner spielt Coeurdame aus. Ich soll mindestens neun Stiche erzielen.« »Hallo Katrin, ja genau so ist es«, sagte Jörn. »Irgendwie war die Aufgabe ganz einfach. Ich kann die Stiche ja abziehen«, fuhr Katrin fort. »Dann mal los«, ermunterte sie Jörn. »Auf die Dame lege ich das Coeurass«, begann Katrin. »Und dann spiele ich Pikass.« »Beide Gegner bedienen, einmal

mit der 5 einmal mit der 7, du selbst musst die Dame zugeben«,
spielte Jörg weiter. »Jetzt spiele ich die letzten fünf Pikrunden«„
war Katrin selbstsicher. »Auf die zweite Pikrunde musst du in der
Hand etwas abwerfen, du kannst ein kleines Karo nehmen, deine
Gegner bedienen mit der Pik 6 und der Pik 8«, war Jörn bei der
Sache. »Hast ja recht, ich muss da auch eine Karte zugeben. Jetzt
spiele ich aber den Buben«. »Noch ein Karo?«, fragte Jörn, aber
etwas in der Stimme gefiel Katrin nicht. »Ja.« »Gut, der eine Gegner gibt die Pik 9 zu, der andere wirft wie du ein kleines Karo ab,
die 7.« »Müssen nicht beide Gegner bedienen?«, fragte Katrin
nach einer kurzen Pause. »Wenn sie Piks haben, natürlich«, lachte
Jörn durch das Telefon. »Aber deinem einen Gegner ergeht es so
wie dir. Er muss aus der Hand irgendetwas abwerfen, weil er einfach kein Pik mehr hatte." »Und das heißt?«, fragte Katrin unsicher. »Vor allem, dass der andere Gegner noch die Pik 10 hat.
Wenn du jetzt weiter Pik spielst, wird er damit einfach den Stich
machen«, erläuterte Jörn. »Das ist ja Pech, Pech im Spiel, Glück
in«, versuchte sich Katrin in einem Scherz. »Pech ist das weniger«,
sagte Jörn. »Du kannst einfach besser spielen. Es sind sechs
Pikkarten draußen, die sich irgendwie auf die Gegner verteilen.
Das muss nicht jedesmal drei sein, da ist eine Verteilung wie der
eine Gegner hat vier Karten, der andere zwei durchaus wahr-
scheinlicher. Du hast jetzt mit den höchsten vier Pikkarten A K
D B nur drei Stiche gemacht, weil du auf das Pikass die Dame
gelegt hast.« »Das heißt, ich darf nicht Pikass spielen, sondern
muss eines der kleinen Piks zur Dame spielen«, folgte Katrin
ihrem Gesprächspartner. »Richtig Katrin.« »Aber dann bin ich ja
in der Hand«, jammerte Katrin. »Wie will ich dann noch die rest-
lichen fünf Pikstiche abziehen? Am Tisch liegen ansonsten nur
kleine Karten, man könnte auch sagen, Schrott.« »Auch richtig
Katrin«, antwortete Jörn. »Was aber auch daran liegt, dass du
gleich zu Anfang die Coeurdame mit dem Ass gewonnen hast.«
»Danke für den Tipp«, war Katrin stolz. »Ich denke ich habe es.

Ich darf den ersten Stich nicht mit Ass gewinnen, sondern muss hier die 4 legen und in der Hand mit dem König gewinnen. Dann kann ich Pikdame spielen, auf die ich Pik 2 am Tisch zugebe. Dann kann ich mit der Coeur 5 zum Coeurass gehen und vom Tisch erst Pikass, dann Pikkönig, dann Pikbuben spielen. Da müssen die Gegner viermal Pik bedienen und ich kann danach die beiden kleinen Karten spielen. Eigentlich ganz einfach, wenn man es weiß«. »Richtig«, lobte sie Jörn. »Dafür ist es wichtig, sich bereits beim Ausspiel Gedanken zu machen. Hier zum Beispiel zu der Frage, wo will ich die Coeurkarte gewinnen.« »Ich will noch einmal eine Bridgestunde«, bat Katrin. »Heute Abend können wir nicht, was haltet ihr von morgen Abend?«, schlug Jörn vor. »Abgemacht, morgen wieder um 18 Uhr, wieder bei uns. Kann ich bis dahin noch etwas zum Nachdenken bekommen?«, fragte Katrin.

»Aber sicher immer«, lächelte Jörn durch das Telefon. »Deine Gegner müssen neun Stiche machen, wie immer ohne Trumpf-farbe. Dein Partner spielt die Karo 10 aus. Auf dem Tisch siehst du

Pik: K D B 10 9 8 4

Coeur: 8 4 3   Karo 8 2

Treff 9

und selbst hältst du

Pik: A 7 6 5

Coeur: K 9 5   Karo: 7 5

Treff: K 10 4 2

Du gibst in Karo die 5 zu und der Alleinspieler gewinnt den Stich mit dem Karobuben. Jetzt spielt der Alleinspieler die Pik 3 und dein Partner gibt die Treff 5 zu. Der Tisch legt den Pik König. Was sind deine Gedanken?« »Kein Alleinspiel?«, fragte

Katrin enttäuscht. »Du bist doppelt so oft Gegenspielerin wie Alleinspielerin«, erklärte Jörn. »Und auch im Gegenspiel kann man viel richtig und viel falsch machen. Denk mal über die Hand nach. Bis morgen dann. Du hattest 18 Uhr gesagt.«

Christian

»Auf geht es Mandy. Wir statten dem Herrn Vorsitzenden noch einmal einen Besuch ab«, wandte sich Katrin zu ihrer Kollegin. »Das wird eher zu erzieherischen Zwecken sein, aber immerhin.« »Dein Gespräch gerade war auch dienstlich«, grinste Mandy. »Schließlich geht es ja um einen Mord beim Bridge.«

Katrin sah noch, wie Dr. Runen das Polizeipräsidium betrat.

»Herr von Otten, bitte öffnen Sie die Türe, wir haben noch ein paar Fragen an Sie. Polizei«, meldete sich Katrin an der Gegensprechanlage. Ein Summen zeigte ihr an, dass geöffnet wurde. »Mich und meine Kollegin kennen sSie ja bereits«, begrüßte sie Christian. »Ich sehe, Sie hatten Besuch.« Katrin schaute auf die zwei Teller und Kaffeetassen in der Wohnküche. »Ich bin noch nicht dazugekommen, das Geschirr in die Spülmaschine einzuräumen«, entschuldigte sich Christian. »Und wozu kamen Sie sonst noch nicht?« fragte Katrin. »Sie scheinen sich Ihrer Verantwortung in dem Mordfall noch nicht ganz bewusst zu sein.« »Aber ich bin mir meiner Verantwortung sehr bewusst«, antwortete Christian. »Meine Aufgabe ist sehr schwer.« »Ihre Aufgabe ist vergleichsweise einfach«, fauchte Katrin zurück. »Sie müssen nur Informationen, die Sie haben, auch wenn sie vielleicht nicht ganz gesetzeskonform erworben wurden, mit uns teilen.« »Habe ich das nicht?«, fragte Christian unschuldig.

»Sie waren doch an einem Geldautomaten und haben sich Zugang zu den Kontoauszügen von Leon Rincke verschafft.« Katrin atmete tief durch und stellte sich vor Christian. »Diese Auszüge hätten wir jetzt gerne.« »Ach die, wie haben Sie das denn so schnell herausgefunden?« fragte Christian. »Die hätte doch die Bank Ihnen auch geben können.« »Herr von Otten«, wurde Katrin jetzt streng. »Wir ermitteln in einem Mordfall. Da entgeht uns wenig. Und ja, wir hätten sie uns von der Bank holen können. Aber ich will sie von Ihnen und zwar genau jetzt.« »Ist ja schon gut«, versuchte Christian ein wenig zu beruhigen. Er tat noch so, als ob er sie ein wenig suchen müsste, aber nach einer kurzen Zeit, die Katrin vorkam wie eine Ewigkeit, hatte sie die Auszüge in der Hand und sie warf einen flüchtigen Blick auf die Papiere. Dann erstarrte sie. »Warum lässt mich das Gefühl nicht los, dass Sie uns immer noch nicht richtig ernst nehmen«, fasste sie sich aber wieder. »Die Auszüge weisen hohe Geldzahlungen und Zuwendungen von in dem Mordfall Beteiligten aus, und Sie machen sich nicht die Mühe, diese relevanten Informationen mit uns zu teilen.« »Weil sie nicht relevant sind. Das habe ich schon geklärt«, rechtfertigte sich Christian. Katrin hatte alle Mühe sich zu beherrschen. »Ich dachte, wir hätten das geklärt«, presste sie hervor. »Die Klärung solcher Fragen ist nicht die Aufgabe irgendeines Vereinsvorsitzenden, sondern unsere. Sie erschweren uns unsere Arbeit nur unnötig, wenn Sie uns dauernd Informationen vorenthalten. Sie werden definitiv von uns hören. Behinderung von behördlichen Ermittlungen nennt man so etwas.« »Warum das?«, fragte Christian verdutzt. »Nur weil ich Ihnen irrelevante Informationen nicht gegeben habe?« »Das hat wirklich keinen Zweck mit Ihnen«, stellte Katrin fest. »Wie gesagt, Sie hören in Kürze von uns. Schönen Tag noch.« Katrin und Mandy verließen die Wohnung, ohne sich weiter von Christian zu verabschieden.

»So eine Scheiße«, fluchte Katrin im Einsatzwagen. »Jetzt sitzt dieser Dr. Runen als Hauptverdächtiger in Verhörraum und hier habe ich zwei weitere potentielle Motive. Lass uns schnell ins Präsidium zurückfahren.«

Reinhardt

»Mist, Mist, Mist«, schimpfte Katrin, als sie in das Büro zurück-
kam. Volker unterhielt sich gerade mit Klaus, offenbar die Nachbe-
sprechung ihres Verhöres. »Was gibt es denn, du hörst dich an, als
ob du mit dem Ford gleich zwei andere Fahrzeuge gerammt hättest.
Beim Einparken«, grinste Klaus. »Blödmann«, fauchte Katrin. Nur
ungern ließ sie sich daran erinnern, dass ihr Start in die Polizeikarri-
ere mit einem Rammen eines Polizeiwagens beim Einparken
begonnen hatte. Ab und zu erinnerten ihre Kollegen sie an dieses
Missgeschick. Das war damals nur ärgerlich gewesen, auch wenn
Volker damals mitfühlend meinte: »Kann passieren, Frau Kollegin.«
»Nein, den Ford habe ich 1a eingeparkt. Da ich ja kein Mann
bin, bin ich lernfähig«, konterte sie. »Aber wir hätten dem Konto
des Verstorbenen schon viel früher unsere Aufmerksamkeit widmen müssen. Da sind ein paar merkwürdige Bewegungen drauf,
die darauf hindeuten, dass nicht nur Dr. Runen verdächtig ist.
Vielleicht waren wir etwas vorschnell mit der Vorladung des Arztes.« »Waren wir nicht«, stellte Volker klar. »Deine Erkenntnisse
kannst du heute Nachmittag mit uns teilen. Da liegt dann auch
endlich die Auswertung von dem Laptop des Toten vor. Aber
auch wenn es noch zusätzliche Verdächtige geben sollte, es bleibt
dabei, dass wir gegen den Doktor Verdachtsmomente haben, die
das Verhör gerechtfertigt haben. Hier ist das Protokoll unserer
Vernehmung des Herren. Abgefahren, sage ich nur.« Katrin
nahm sich das Protokoll vor.

Anwesend: Polizeioberkommissar Volker Telge, Polizeiober-
kommissar Klaus Trigut, Herr Dr. Reinhardt Runen, verhört als
Verdächtiger im Mordfall zu Lasten des Leon Rincke. Herr
Rechtsanwalt Andreas Hahn als Rechtsbeistand des Verdächtigen.
V.T.: Danke, dass Sie sich noch einmal Zeit genommen haben.
Wir haben hier neue Erkenntnisse, so dass wir Sie hier nicht als

Zeuge, sondern als Tatverdächtigen vernehmen. Sie haben das Recht zu schweigen oder auch sich vor einer Antwort mit Ihrem Anwalt zu beraten.

R.R.: Was soll das? Ich habe nichts getan, was verboten ist.

V.T: Uns liegen aber Informationen vor, dass Sie ein handfestes Motiv hatten.

R.R.: Kein Arzt mit Ehre kann ein Motiv haben.

K.T.: Ich gebe ihnen hier recht, dass kein Motiv für einen Mord reichen sollte, aber lassen Sie uns trotzdem zu dem Fall der verstorbenen Melania Meier zurückkommen.

(Protokollnotiz: Herr Dr. Runen wirkt sichtlich erschrocken)

R.R: Was soll mit ihr sein?

K.T.: Wir haben Beweise, dass der verstorbene Herr Rincke sich mit diesem Fall auseinandergesetzt hat.

V.T.: Das kann für Sie nicht angenehm gewesen sein und erst recht nicht in Ihrem Interesse. Der Junge hat etwas gefunden, was Ihre ganze Karriere aufs Spiel gesetzt hätte und schwupps. Die Gelegenheit war so günstig.

R.R.: Nein (schreit)

A.H: Einspruch. Der Zusammenhang mit dem Fall erscheint sehr weit hergeholt und Sie versuchen auf unzulässige Weise, meinen Mandanten zu überrumpeln.

V.T.; Herr Rechtsanwalt, das müssen wir anders sehen. Offenbar wollte Herr Rincke Ihrem Mandanten schaden. Warum sonst posaunte er hinaus, dass Sie der Bridgespielerin Dr. Gertrud Krause diagnostiziert hatten, todkrank zu sein.

R.R: Das ist einfach unverschämt. Das ist Arztgeheimnis. Dazu kann und werde ich nichts sagen.

V.T.: Bei Mordermittlungen ist es mit dem Arztgeheimnis nicht so weit her. Da überwiegt das Interesse des Staates an der Aufklärung des Mordes deutlich. Für uns haben Sie ein klares Motiv, eine günstige Gelegenheit und kein Alibi.

A.H: Einspruch. Auch in Mordermittlungen werden Sie nicht

umhinkommen, hier zwischen Erkenntnisgewinn und Arztgeheimnis abzuwägen.

R.R.: Ich bin ein ehrenwerter Mann, dem Freundschaft und Ehre etwas bedeuten. Das war Leon Rincke offenbar nicht. Aber es ist unter meiner Würde, ihn umzubringen.

A.H: Ich möchte anmerken, dass es meinem Mandanten hoch anzurechnen ist, dass er überhaupt heute mit Ihnen spricht. Verpflichtet ist er dazu nicht.

V.T.: Normalerweise fragen wir bei Verdacht immer, wo sie zur Tatzeit waren. Das können wir uns hier natürlich sparen. Am Tatort. Es wäre für alle einfacher, wenn Sie einfach gestehen würden. So müssen wir die mühsame Prozedur einer Hausdurchsuchung machen, und verlassen Sie sich darauf. Wir werden dort sicher etwas finden, was Sie endgültig überführt. Wenn Sie aber gestehen, wird es bei der Berechnung des Strafmaßes sicher angerechnet werden.

R.R.: Sie werden ganz sicher nicht meine Praxis durchsuchen. Kein Arzt auf der Welt wird das dulden können.

K.T: Es geht auch nicht darum, ob Sie das dulden können, sondern ob Sie es dulden müssen. Wir denken, die richterliche Anordnung ist hier eher Formsache

R.R.: Ich dachte, wir leben in einem Rechtsstaat. Sie können nicht einfach Praxen von unbescholtenen Bürgern durchsuchen.

A.H: Ich wiederhole mich, wenn ich bemerke, dass ich meinem Mandanten zustimme.

V.T.: Wir bitten Sie, sich zu unserer Verfügung zu halten.

Christian

Bis etwa zehn Uhr war die Welt für Christian in bester Ordnung. Er drehte sich in seinem Bett um und stellte verwundert fest, dass er nicht alleine in selbigen übernachtet hatte. Gleichmäßig atmete Sandra neben ihm. Leise stand er auf und bereitete ein Frühstück für sich und Sandra vor. Aufbackbrötchen, je ein hartgekochtes Ei von glücklichen Hühnern, Orangensaft, Kirschmarmelade und natürlich ein guter Kaffee. So ausgerüstet betrat er wieder das Schlafzimmer. »Sandra, ich habe uns Frühstück gemacht«, weckte er sie leise. Es war so ein tolles Frühstück gewesen, sie lachten viel und dann wurde sie doch ernst. »Ich habe dir versprochen, die Einladungen an die Mitglieder zu bringen, die keine Emailadresse haben«, erinnerte sie Christian. »Dann will ich mich gleich mal an die Arbeit machen.«

Und dann kam dieses Polizeipärchen. Hatten die nichts besseres zu tun als seine Arbeit als Behinderung von Polizeiarbeit zu titulieren? »Warum können Beamte in Deutschland nicht einfach ihre Arbeit machen?«, dachte er sich. Ihm kamen Bilder von Iris in den Sinn. Wie sie auf der Straße lag. Und von Sandra. Maunzi kam zu ihm und schlängelte sich um seine Beine. Christian streichelte seine Katze. »Gut, dass ich dich habe.«

Hans

Christian schaute auf die Uhr. Jetzt musste er sich beeilen. Für Sentimentalitäten, zu denen er sich hatte hinreißen lassen, war jetzt keine Zeit mehr. Hans würde für die dumme Polizistin büßen müssen. Er schaffte es mit fünf Minuten Verspätung zum Tennisplatz. »Traust du doch nicht mehr gegen mich oder warum bist du zu spät?«, fragte Hans gutgelaunt. »Die Antwort gebe ich dir auf dem Platz«, Christian ging zielstrebig auf das Tennisfeld zu.

Hans ließ Ball und Gegner laufen, so dass er schnell den ersten Satz mit 6:1 gewann. »Was ist los, Christian?«, fragte er. »Diese beiden Polizistinnen, die in dem Fall vorgeben zu ermitteln, nerven«, keuchte Christian. »Die meinen doch tatsächlich, sie hätten ein Recht auf alle Ermittlungsergebnisse, die ich für den Bridgeclub erbringe«, regte sich Christian weiter auf. »Das wäre ihre Aufgabe.« »Müssen halt ihre Arbeit machen«, erklärte Hans. »Ja, die ihre und ich die meine«, war Christian immer noch auf 180. »So wie ich das sehe, ist die halbe Mannschaft, die am Samstag bei Ursula war, verdächtig«. »Ich auch?«, fragte Hans und grinste dabei. »Noch habe ich bei dir keinen Grund, dass du Leon umbringen wolltest«, plauderte Christian. »Leon hat mich am Samstag übelst aus einem Schlemm rausgeblufft«, witzelte Hans. »Das reicht nun wirklich nicht«, sagte Christian. »Genau wie du mich nicht um die Ecke bringen wirst, nur weil du gleich den nächsten Satz verlieren wirst." Hans und Christian kämpften erbittert um den zweiten Satz. Christian war, nachdem er seinen Frust loswerden konnte, voll bei der Sache, es gab einige schöne Ballwechsel. Die Entscheidung musste das Tiebreak geben, das Christian knapp gewann und damit den Satz mit 7:6.

»Hast du denn Informationen für mich, die mir helfen könnten?«, fragte Christian beim Seitenwechsel. »Nichts, was man irgendwie greifen könnte«, beschrieb Hans den fraglichen Nachmittag. »Otto spielte aber gegen Leon ungewohnt aggressiv und so haben wir immer viel zu viele Stiche versprochen.« »Bevor oder nachdem Leon dich reingelegt hat?«, bohrte Christian. »Ich glaube eher danach«, gab Hans zu. »Wie gesagt, nichts Greifbares.« »Das ist aber typisch Otto«, lachte Christian. »Er mag das genauso wenig wie du, wenn er reingelegt wird und reizt dann viel zu hoch.« »Hast ja vermutlich recht«, stimmte Hans zu. »Kommt Jaqueline denn auch morgen?«, wechselte Christian das Thema. »Ich weiß nicht, ich kam gestern Abend erst spät nach Hause und ich musste heute Morgen wieder früh in der Firma sein. Ich habe sie noch nicht fragen können«, antwortete Hans. »Ist sie denn überhaupt eingeladen?« »Natürlich, wir haben alle Mitglieder des Bridgeclubs eingeladen«, erklärte Christian. »Dass Jaqueline bislang so gut wie nie gespielt hat, spielt keine Rolle.« »Wie gesagt, ich weiß es nicht«, wiederholte sich Hans. »Aber sag, kommen die beiden Damen von der Polizei auch zu der Trauerfeier?«»Natürlich nicht«, entrüstete sich Christian. »Sind die etwa im Bridgeclub? Und selbst, wenn sie sich entscheiden würden, eintreten zu wollen, müssten sie natürlich warten, bis ich den Fall gelöst habe. Du fragst ja nur, um mich an die beiden zu erinnern, damit ich mich nicht auf Tennis konzentrieren kann. Auf geht es, Dein erster Aufschlag.«

Christian war in seinem Element. Ein Ass jagte das nächste, zufrieden sah er zu, wie Hans von der einen Ecke in die andere lief, aber ohne auch alle Bälle zu erwischen. Christian gewann diesmal den Satz deutlich mit 6:2.

»Man wird halt nicht jünger«, tröstete Christian sein Gegenüber unter der Dusche. »Wenn du dich nicht beim ersten Satz schon so verausgabt hättest, hättest du vielleicht eine Chance gehabt.«»Der zweite Satz war ja fast unentschieden, also insgesamt doch eher Remis«, versuchte Hans noch. »Nix da, knapp daneben ist auch daneben«, beschied Christian. »Dann bis morgen, 17 Uhr bei Ursula«»Müsste ich einrichten können«, hörte Christian noch, als er wieder in sein Auto stieg.

Reinhardt

Der Anrufbeantworter blinkte, als Christian zurück in seiner Wohnung war. Er hörte die Nachrichten ab. Otto, der für morgen zusagte, Reinhardt ohne Nachricht, Lisa Uffstein, die für morgen absagte, weil ihre Nichte sich angekündigt hatte, wieder Reinhardt ohne Nachricht, Anna Mulovia, die für morgen zusagte, wieder Reinhardt, diesmal mit einer kurzen Nachricht. *Ich dachte, du wärst mein Freund. Noch nicht einmal an das Telefon traust du dich.*

Christian rief Reinhardt sofort an. »Was ist los, Reinhardt?«, erkundigte er sich. »Das fragst ausgerechnet du«, schallte es Christian entgegen. »Die Polizei hat mich heute mit allem konfrontiert, was ich dir gestern erzählt habe. Auf welcher Seite stehst du eigentlich? Ich dachte, ich könne dir vertrauen, dass du nicht alles brühwarm der Polizei erzählst. Glücklicherweise konnte es mein Rechtsanwalt einrichten, mich zu begleiten.«»Reinhardt, was ist denn passiert?«, versuchte Christian erst einmal weitere Informationen herauszuholen.»Was passiert ist?«, fragte Christian erregt. »Die verhören mich wie einen Verbrecher und wollen mein ganzes Haus unter die Lupe nehmen. Und weißt du was, Herr Christian von Otten?« Christian blieb stumm, Reinhardt würde gleich weiterreden. »Sie haben mir die ganze Sache mit Melania noch mal aufgewärmt. Ein schöner Freund bist du.«»Reinhardt, ich habe der Polizei nichts erzählt«, war Christian ehrlich betroffen. »Ich stehe zu meinen Versprechen. Ich weiß wirklich nicht, wie man dort an die Information gekommen ist.«»Von mir nicht«, schrie Reinhardt jetzt durch das Telefon. »Ich kann meine Praxis dicht machen, wenn die da mit zehn Streifenwagen mit Blaulicht aufkreuzen.« »Ich weiß, Reinhardt«, versuchte Christian auf die sachliche Ebene zurückzukehren. »Aber glaube mir, ich habe seit Iris kein Vertrauen in die Polizei. Ich will den Fall daher selbst lösen. Heute früh kam die Polizeitussi doch tatsächlich zu mir und hat mir angedroht, sie würde mich wegen Behinderung von Polizeiarbeit anzeigen.«»Und dann hast du ihr alles gesagt, was du weißt«, giftete Reinhardt weiter. »Natürlich nicht«, versuchte Christian auf Reinhardt einzuwirken. »Nur das, was ich musste. Das sind sicher keine Gespräche, die ich geführt habe. Und auch das, was ich preisgeben musste, war nichts, was dich belastet hätte.«»Und wenn die uns abgehört hätten?«, brachte Reinhardt einen anderen Aspekt ins Spiel. »Glaube ich nicht«, wehrte Christian ab. »Noch sind wir ein Rechtsstaat und wir beide unbescholtene Bürger. Aber ich sehe ein, das Problem, wo die Polizei ihre Infos her hat, ist wirklich vorhanden.«»Was willst du jetzt tun?«, fragte Reinhardt weiter. »Bislang haben mir deine Ermittlungen nur Pech gebracht.«»Leider ist dem so«, pflichtete Christian ihm bei, »dass meine Ermittlungen bislang nicht den Mörder von Leon überführt haben. Wenig überraschend die Polizei auch nicht.«»Es ist mir egal, ob du oder die Polizei meine Unschuld beweist«, kam Reinhardt auf den Punkt. »Hauptsache ist, dass auch niemand bei mir herumschnüffelt und ich in Kürze einfach wieder Bridgespieler und vor allem Arzt sein darf. Ich musste nach der Vernehmung erst einmal zwei Valium nehmen. Christian, du hast mir versprochen, mir zu helfen. Dann tue das bitte auch.«

Christian konnte sich gut in Reinhardt hineinversetzen. Er selbst machte ja sehr viel, zum Beispiel morgen die Trauerfeier. Aber vielleicht, schwante es ihm, war das nicht genug.»Ich werde tun, was ich tun kann, vielleicht sogar ein wenig mehr«, versprach Christian. »Das hoffe ich für dich, deine Ehre und den Bridgeclub«, beendete Reinhardt das Gespräch.

Katrin

»Lasst uns zusammenfassen, wo wir im Mordfall Leon Rincke stehen«, eröffnete Volker die Teamsitzung, um fortzufahren: »Wir haben heute Morgen den Tatverdächtigen Dr. Reinhardt Runen vernommen, das Protokoll liegt denen, die nicht dabei waren, vor. Zudem haben wir heute Arjan zu unserer Teamsitzung einladen können. Er wird uns ein paar, wie er meinte, interessante Informationen liefern können. Unsere Vernehmung heute Morgen hatte leider nicht so viele neue Erkenntnisse gebracht. Wir werden wohl weitere Nachforschungen anstellen müssen, damit wir dem Doktor die Tat nachweisen können, wenn er es denn war. Ich gebe das Wort jetzt aber an Arjan.«

Arjan öffnete seinen Laptop und verband ihn mit einem Beamer. »Ich denke, es ist einfacher, wenn ich ab und zu Bilder an die Wand werfe. Wir haben es hier tatsächlich mit einem sehr interessanten Fall zu tun. Glücklicherweise hatten wir die Namen der potentiell Verdächtigen. Man soll ja über Tote nichts Schlechtes sagen. Aber im Fall von diesem Leon haben wir es nicht mit einem lieben Studenten zu tun. Wir haben teilweise erhebliche kriminelle Energie in ihm entdecken können.

Zunächst zu Dr. Runen. Der Arzt hat wirklich ein handfestes Motiv, Herrn Rincke in das Jenseits zu befördern. Es ist unserem jungen Freund gelungen, in das Computersystem des Arztes einzubrechen und dort mehr oder minder ungehindert Informationen abzurufen.« Arjan zeigte auf seinem Rechner einen Ordner. Da stand einfach Reinhardt drauf. Ein paar Klicks weiter und der Ordner Gertrud Krause war zu erkennen. »Der Tote brauchte hier niemanden zu fragen«, fuhr Arjan fort. »Er hatte Zugriffe auf Diagnoseergebnisse und über die Empfehlungen des Doktors, die er den Patienten gegeben hatte. Wir haben eine Internetresearche bei ihm gefunden, anhand derer Herr Rincke abschätzen konnte, wie viel Schmerzensgeld man verlangen kann, wenn Arztgeheimnisse gebrochen werden. Hier sehen sie einen Vorschlagsvertrag für Frau Dr. Gertrud Krause. In diesem verpflichtet sich der Arzt, weil er die ärztliche Schweigepflicht in ihrem Fall missachtet hat, 5000 € Schmerzensgeld zu zahlen. Auf dem Rechner ist nicht zu erkennen, dass dieser Vertrag tatsächlich ausgedruckt oder verifiziert wurde.

Es gab auch andere Fälle, für die sich Leon interessierte, wie zum Beispiel eine Melania Meier. Dieser Ordner ist zwar schon ein paar Jahre alt, aber er erweckte offenbar das Interesse des Mordopfers. Hier konnten wir nachstellen, dass sich Herr Rincke in letzter Zeit intensiv in diese Materie eingearbeitet hat und versucht haben muss, die Diagnosen zu verstehen. Es ist hier dem Toten auch gelungen, auf Sitzungsprotokolle des Arztes mit der Patientin zuzugreifen.«

»Spannend, spannend«, warf Volker ein. »Ja, spannend«, bestätigte Arjan. »Aber der Rechner gibt noch mehr Einblicke in das Schaffen des Herrn Rincke. Wir haben zwei Worddokumente entdeckt. Hier haben wir einen Vertrag mit Ursula Gräfin zu Hasten. Ich werfe ihn jetzt an die Wand und die wirklich wichtigen Passagen habe ich markiert.«

Auf der Wand war jetzt zu lesen

Anleger: Ursula Gräfin zu Hasten

Betrag: 52.000 €

Rückzahlungsmodus: Herr Rincke verpflichtet sich, die Summe gewinnbringend anzulegen und in 24 Monaten mit dem Anlageerfolg zurückzuzahlen, höchstens aber 55.000 €. Das Risiko eines Verlustes trägt die Anlegerin. Unabhängig vom Erfolg der Anlage steht Herrn Rincke eine Provision von 2% zu.

Allgemeines Kopfschütteln bestimmte den Konferenzraum. »Wie kann man nur so einen Blödsinn unterschreiben?«, fragte Mandy in die Runde und sprach den Anwesenden so aus der Seele. »So alt ist sie ja auch noch nicht, dass sie so einen Quatsch nicht überblicken würde«, schob sie hinterher. »Wir wissen momentan nur, dass der Vertrag auf dem Rechner von Leon Rincke ist. Wir wissen nichts über die Motivlage, noch nicht einmal, ob der Vertrag überhaupt zustande gekommen ist«, gab Klaus seine Einschätzung. »Vermutlich schon«, schaltete sich Katrin ein. »Ich habe heute einen Blick auf die Kontobewegungen von Leon Rincke geworfen. Wir haben hier sowohl eine Einzahlung von 52.000 € von der Gräfin als auch eine Auszahlung von 48.000 € an einen Mario Meier feststellen können. Haben sie denn auch Äquivalentes zu Mario Meier?« »Ja, noch ein Meier«, lachte Arjan. »Auch damit kann ich dienen. Ich werfe euch auch diesen Vertrag an die Wand.«

Darlehensnehmer: Mario Meier

Darlehenssumme: 48.000 €

Vereinbarung: Der Darlehensnehmer verpflichtet sich, beginnend mit dem Julimonat 30 Monate 2.000 € zurückzuzahlen. Zur Sicherheit dienen alle Fahrzeuge, die der Darlehensnehmer zu dem Zeitpunkt hat, wenn er mehr als eine Rate im Verzug ist.

»Das schimpft sich Anlage«, empörte sich Mandy. »Wucherzinsen sind das. Wenn es klappt, fein für Herrn Rincke, wenn nicht,

Pech für die Gräfin.«»Frau Kollegin, es geht hier nicht mehr um eine gegebenenfalls strafrechtliche Würdigung des Verhaltens des Verstorbenen«, brachte Volker das Augenmerk zurück auf den Fall. »Es geht darum, den Mord an eben diesen aufzuklären. Bislang ist der Computer sehr aufschlussreich. Haben sie denn noch etwas, was für uns von Interesse sein könnte?«

Arjan schaute Volker direkt an. »Ja doch, eine Sache habe ich noch für euch. Das betrifft euren Lehrer Otto Miller. Euer Opfer hat eine Chatgruppe eingerichtet. Die hat bei ihm den bedeutungsvollen Namen: Ottomussweg. Hier einige Auszüge.«

Wieder erschienen an der Wand Geheimnisse von Leons Rechner.

Leon: Ziel muss sein, den Pauker fertig zu machen.

Sadie: Da bietet sich der Samstag förmlich an. Ich habe ein wenig mit dem Bildprogramm gespielt. Starten können wir mit einem großen Bild von Alice. Ich hab die Bilder bearbeitet. So sieht es aus, als ob er etwas mit dieser Streberleiche hätte.

Leon: Cool

Sadie: Der versaut mir mein Abi. Das muss er büßen.

Leon: Alice muss auch büßen?

Sadie: Logo, wegen der meint der Pauker ja, er mache einen guten Unterricht. Und sie meint, sie sei was Besseres. Übernächsten Samstag ist es dann soweit. So ein Schultreffen ist genau richtig um ihn bloßzustellen. Wenn er dann nicht lernt, ist sein Auto dran. Noch hat es ja vier Räder

Leon: He he.

»Was für ein Früchtchen«, schimpfte Mandy. »Können wir denn diesen Sadie zuordnen?«, fragte Katrin, Mandys Ausbruch ignorierend. »Schon passiert, das ist Hubertus Miene, geht in die zwölfte Klasse«, überraschte sie Arjan. »Wo der Papa dieser aalglatte Rechtsanwalt ist, dem nie jemand etwas nachweisen kann?«, fragte Katrin in die Runde. Konstantin Miene war bei der Polizei ein Begriff, weil er immer wieder Unterweltgrößen vertrat. Arjan nickte stumm. »Wir müssen mit diesem Hubertus Kontakt aufnehmen«, sagte Katrin. »Wenn Otto Miller von diesen Plänen wusste, wäre das ein handfestes Motiv.« »Genauer, du kümmerst dich darum«, präzisierte Volker.

Otto

»Katrin Kulina hier, Polizei Bielefeld. Spreche ich mit Otto Miller?«, begann Katrin ihre Ermittlungen. »Ja, was wollen sie?«, fragte Otto misstrauisch. »Kennen Sie einen Hubertus Miene?«, fragte Katrin. »Haben sich denn alle gegen mich verschworen?«, schimpfte Otto. »Erst dieser tote Leon Rincke, dann diese Nachfrage wegen Hubertus. Natürlich kenne ich den. Ich unterrichte ihn in Geschichte. Hören Sie, ich habe jetzt keinen Nerv, mich auch noch um Hubertus zu kümmern. Würde mich ja nicht wundern, wenn dieser Schnösel etwas ausgefressen hätte. Aber ich kann Ihnen nicht weiterhelfen.« »Wie war Ihr Verhältnis zu Hubertus?«, fuhr Katrin unbeeindruckt fort. »Warum brauchen Sie das eigentlich alles?« fragte Otto nach. »Was hat dieser Hubertus denn getan?« »Vielleicht habe ich mich nicht vollständig vorgestellt«, fing Katrin noch einmal an. »Katrin Kulina, Polizei Bielefeld, Mordkommission. Wir hatten auch schon das Vergnügen.« »Ich erinnere mich an Sie«, erkannte Otto die Telefonstimme. »Aber wozu brauchen Sie Informationen zu Hubertus Miene?« »Wir müssen im Umfeld des Toten ermitteln, also bitte«, sagte Katrin.

»Der ist einfach schwierig«, fing Otto an zu erzählen. »Fast noch anstrengender als es Leon war. Meint, weil der Vater Topanwalt ist, müsste er wie von selbst gute Noten bekommen. Dauernd ist er mit Schulrecht unterwegs. Seien Sie froh, dass Sie ihn nicht kennen.« »Und was hat die Androhung mit Schulrecht so gebracht?«, bohrte Katrin weiter. »Geschichte wird bewertet, nicht die juristischen Fähigkeiten seines Vaters«, sagte Otto nicht ohne Stolz.

»Und eine Alice, kennen Sie die auch?«, wandte sich Katrin einer weiteren Protagonistin des Chatverlaufes zu. »Ich verstehe wirklich nicht, was Sie von Alice Solaweski wollen«, war Otto überrascht. »Sie bemüht sich wirklich und wird das Abitur schaffen. Sie versucht nicht nur in Geschichte alle Aufgaben und Zusatzaufgaben zu machen.« »Solaweski?«, fragte Katrin überrascht. »Ja warum?« »Nur so, reine Routineermittlung«, wich Katrin aus. »Aber Sie haben uns erst einmal sehr geholfen. Wir melden uns, wenn wir weitere Fragen haben.«

»Ich muss mal etwas checken«, murmelte Katrin zu sich selbst. »Sara Solaweski«, meldete sich die Kollegin von der Internen. »Katrin, du bist es, ich sehe es am Display. Was willst du von mir? Dienstlich?« »Ja, hast du eine Tochter Alice?«, fragte Katrin. »Ja, geht in die zwölfte Klasse. Und einen Sohn habe ich auch, der ist aber erst neun«, gab Sara zurück. »Nur eine Frage, kennt die einem Hubertus?«, interessierte sich Katrin. »Natürlich kennt sie dieses Ekel. Dauernd versucht er Alice zu piesacken. Und das nur, weil sie nichts von ihm will. Aber sag, habt ihr was gegen ihn in der Hand?«, war Sara interessiert. »Für Mord reicht es natürlich nicht, aber die Information reicht mir schon. Ich werde dem Herrn jetzt einen Besuch abstatten. Er müsste jetzt aus der Schule sein.« »Meinst du«, versuchte die Mutter von Alice vorsichtig, »du könntest auf ihn einwirken, dass er Alice nicht mehr nachstellt?« »Dann bekomme ich ja Ärger mit der Internen«, lachte Katrin. »Aber ich denke tatsächlich, viel Freude wird er an unserem Besuch nicht haben.«

»Danke, dass du mitgekommen bist«, sagte Katrin zu Klaus im Polizeiwagen. »Du weißt ja, wir ermitteln gemeinsam«, erwiderte Klaus.

Sie hielten in einer noblen Wohngegend vor dem größten Einfamilienhaus. Eine stattliche Villa stand vor ihnen. Katrin klingelte. In der Gegensprechanlage hörte sie: »Miene hier.«. Aber die Frau sah den blau-weißen Polizeiwagen und die beiden

Polizisten in Uniform und so öffnete sie die Türe, bevor sich die beiden vorstellen konnten. »Ist Ihr Sohn Hubertus zu Hause?«, fragte Katrin die Frau. »Hier«, kam eine gelangweilte Stimme hinter ihnen. Sie gehörte einem Jungen, etwa 16 mit langen gewellten blonden Haaren, einem Dreitagebart, bekleidet mit einem weißen Shirt und einer schwarzen Latzhose. »Wir müssen reden«, wandte sich Klaus zu ihm. »Kann man mal wissen, was Sie hierher führt?«, kam jetzt auch Herr Miene hinzu. »Das würden wir gerne im Haus besprechen«, sagte Katrin bestimmt.

Sie wurden in einen drei Meter hohen Raum geführt der gefühlt 40 qm² groß war. In der Mitte des Raumes befand sich ein Holztisch mit ein paar Holzhockern, die um den Tisch verteilt waren. »Bitte«, bot der Vater Katrin und Klaus zwei Plätze an. »Wir bleiben auch nicht lange«, versprach Katrin. Die Familie setzte sich auf die andere Seite des Tisches, Hubertus in der Mitte. Katrin legte den Chatauszug vor Hubertus. »Was soll das, kenne ich nicht«, gab sich Hubertus gelangweilt. Ein Smartphone klingelte. »Sie können ruhig dran gehen, Herr Miene«, sagte Klaus großzügig zu Hubertus. »So viel Zeit haben wir schon.« Hubertus schaute auf das Handy. »Kenne ich nicht, die Nummer«, stellte Hubertus fest. »Gehen Sie trotzdem dran«, beharrte Klaus. Hubertus nahm den Anruf an und Klaus grinste ihn an. »Jetzt noch einmal, was ist das für ein Chat. Das ist Ihre Nummer, die mit Sadie verknüpft ist«, fuhr Katrin ihn an. »Du musst nichts sagen, was dich belastet«, warf Herr Miene als Rechtsanwalt ein. Er wandte sich zu Katrin. »Darauf müssen Sie meinen Sohn schon hinweisen. Ich kann auch noch nicht verstehen, dass Sie wegen so einer Lappalie mit einem Streifenwagen vorfahren müssen. Außerdem müssen Sie nachweisen, dass Sie rechtmäßig in den Besitz dieses Chatverlaufes gekommen sind.«

»Entschuldigen Sie bitte. Wir haben uns noch gar nicht vorgestellt. Ich bin Polizeikommissarin Katrin Kulina und das ist Polizeioberkommissar Klaus Trigut, jeweils Kriminalpolizei Bielefeld, Mordkommission.« Gespielt gelangweilt überreichte Katrin ihm ihre Visitenkarte. Der Vater erstarrte. »Hubertus, wo bist du da denn hineingeraten?« »Können wir jetzt weiter machen?«, fragte Katrin. »Also, was wollte Leon mit dieser Aktion bezwecken?« »Woher soll ich das wissen?«, fragte Hubertus frech zurück. »Darf man nicht ein wenig zum Spaß chatten. Warum fragen Sie ihn nicht einfach selbst?«

»Wir können Herrn Rincke leider nicht mehr befragen, er ist tot«, erklärte Klaus. »Ich, ich weiß es nicht«, stammelte Hubertus. »Ich habe damit nichts zu tun.« »Das behauptet auch niemand«, beruhigte Katrin. »Aber wir brauchen so viele wie mögliche Informationen über Leon, um das Verbrechen aufzuklären.« Eine Pause entstand. »Möchtest du dich mit mir beraten?«, bot der Vater Hubertus an. »Das kann er zwar gerne tun«, erklärte Katrin. »Aber er wird in dieser Sache als Zeuge gehört. Er ist noch nicht einmal ansatzweise verdächtig. Nochmal, was wollte Herr Rincke damit und wer ist noch in der Chatgruppe?« »Ihm ging es nur um Geld von diesem Miller«, fing Hubertus an zu stottern. »Der hat doch genug davon. Außerdem wollte er dafür sorgen, dass der Pauker keinen Unterricht mehr macht. Weshalb weiß ich auch nicht genau.« »Du musst jetzt gar nichts mehr sagen«, wandte sich der Vater an Hubertus. »Eine Frage hätten wir aber trotzdem, Herr Miene. Wer wusste alles von euren Planungen? Was wusste Alice, was wusste Herr Miller? Hat Leon die beiden schon unter Druck gesetzt?« »Ich weiß es wirklich nicht«, schluchzte der Junge. »Ich gehe davon aus, dass das jetzt reicht«, schritt der Vater ein. »Wir brauchen trotzdem die Namen all derer, die im Chat waren«, ignorierte Katrin ihn. »Das würde uns die Arbeit etwas erleichtern.«

Klaus wandte sich noch einmal an den Vater: »Sie mutmaßten eben, dass wir unrechtmäßig an den Chatverlauf gekommen sind. Das ist, wie Sie sicher auch wissen, eher unwahrscheinlich bei Mordermittlungen. Wir werden hier auch nicht weiter ermitteln.« Herr Miene nickte erleichtert. »Das ist einfach nicht unsere Baustelle. Das werden unsere Kollegen zusammen mit der Schulaufsichtsbehörde in Detmold erledigen. Da denken wir aber, wird ihr Sohn nicht nur Zeuge sein.«

»Was für eine ätzende Familie«, urteilte Katrin, als sie mit dem Streifenwagen zurück in das Präsidium fuhren.

Christian

Christian kam nicht dazu, sich auf seine Rede zu konzentrieren, die er am nächsten Tag für Leon halten wollte. Immer wieder wurde er durch Anrufe gestört. »Christian von Otten hier«. »Frau Dukor am Apparat«, meldete sich eine betagte Dame. »Das ist ja furchtbar mit Leon. Wie ist das denn passiert?« »Wie es aussieht, Fremdverschulden«, sagte Christian. »Das ist ja noch grässlicher, hat man denn schon den Täter?«, war Frau Dukor neugierig. »Nein«. »Aber ich werde morgen da sein, Herr von Otten«, versprach Frau Dukor. »Schön, Frau Dukor«, verabschiedete sich Christian. So oder ähnlich liefen die meisten Gespräche ab, die Christian heute zu führen hatte. Die Nachricht hatte sich offenbar langsamer im Bridgeclub herumgesprochen als Christian gedacht hatte.

Die Rede bereitete ihm Kopfzerbrechen. Er konnte nach allem, was er wusste, Leon unmöglich als guten Menschen darstellen, der jetzt das Irdische verlassen hatte. Noch weniger ging natürlich, seine bislang zugegebenermaßen bescheidenen Erfolge bei der Rede einfließen zu lassen. Aber eine 08/15 Rede sollte es ja auch nicht werden.

Schon wieder klingelte das Telefon. Christian hob ab: »Christian von Otten hier.« »Gertrud hier. Ich mache mir Sorgen wegen morgen«, war Gertrud am Telefon. »Hallo Gertrud, was macht dir denn Sorgen?«, fragte Christian, um konkreter zu werden: »Hast du Angst, der Täter könnte ein zweites Mal zuschlagen?« »Ja Christian«, bestätigte Gertrud. »Ich habe auch ein wenig Angst um dich. Vielleicht verrennst du dich da in etwas, was nicht gut für dich ist. Wenn der Täter mich vergiftet, dann sei es so. Auch wenn ich nicht wüsste weshalb. Aber ich bin schon alt. Aber du hast ja dein halbes Leben noch vor dir.« Christian lachte:»Vielen Dank für das Kompliment. Dann würde ich wirklich alt werden, wenn jetzt erst Halbzeit wäre. Aber nein, ich glaube nicht, dass morgen etwas passiert. Der Mörder konnte deshalb Spuren hinterlassen, weil die Polizei nicht schnell genug realisierte, dass es Mord war.«»Aber Christian«, wandte Gertrud ein.»Die Polizei. Ich fürchte, du willst den Job der Polizei machen. Das ist doch nicht deine Arbeit. Pass auf dich auf.«»Werde ich tun«, antwortete Christian.»Und auch auf euch aufpassen. Ich muss es einfach tun. Wenn ich Vertrauen in die Polizei hätte, würde ich denen das ja überlassen. Bist du denn morgen auch dabei?«»Natürlich Christian«, war die kurze Antwort.»Ich muss jetzt weiter an meiner Rede arbeiten. Bis morgen.«

Christian aber schaffte es nicht, sich nach dem Anruf auf die Rede zu konzentrieren. Er erinnerte sich. Er hatte Reinhardt versprochen, seine Unschuld zu beweisen, wenn er denn unschuldig war. Dazu musste er noch einmal in Leons Machenschaften wühlen. Er rief Reinhardt an.»Konntest du mich entlasten?«, fragte Reinhardt, ohne Christian am Telefon zu begrüßen.»Nein, aber da bin ich jetzt wieder dran. Ich bräuchte von dir aber noch eine Telefonnummer«, räumte Christian ein.

Annika

»Spreche ich mit Annika Meier?«, begann Christian sein nächstes Telefonat.»Am Apparat, aber mit wem spreche ich denn?« hörte Christian Annika misstrauisch fragen.»Mein Name ist Christian von Otten, ich leite den Bridge & Tennisclub Bielefeld«, stellte sich Christian vor.»Schön für Sie«, war

Annika genervt. »Sicher haben Sie schon gehört, dass ein gewisser Leon Rincke bei einem Bridgeturnier ums Leben gekommen ist. Meine Aufgabe ist es.« Weiter kam Christian nicht, denn Annika ließ ihn nicht zu Ende reden. »Warum können wir nicht einfach in Ruhe gelassen werden und um Melania trauern? Erst belästigt uns dieser Herr Rincke dauernd, er könne den Tod unserer Tochter aufklären. Und jetzt kommen Sie auch noch an. Was wollen Sie eigentlich? Von Ihrem Gequatsche wird Melania auch nicht wieder lebendig. Von dem Rumlabern des Herrn Rincke ist sie natürlich auch nicht wieder lebendig geworden.« »Ich weiß, dass Herr Rincke, um es einmal so auszudrücken, nicht unbedingt die Interessen von Melania im Auge hatte, als er mit Ihnen Kontakt aufgenommen hatte«, sagte Christian. »Aber jetzt ist er ja tot.« »Nicht unbedingt die Interessen, so kann man es auch ausdrücken«, schluckte Annika. »Ich kann noch nicht einmal sagen, dass ich hier Mitgefühl für den Herren habe. Da hat jemand ein gutes Werk getan. Dauernd wollte er in alten Wunden rumstochern und meinte, er könne den Tod unserer Tochter doch noch aufklären. Sind eigentlich alle Bridgespieler und Tennisspieler so?« »Natürlich nicht, Wie überall gibt es auch hier bei dem Bridge & Tennisclub Bielefeld schwarze Schafe«, versuchte Christian zu erklären. »Sie stochern doch auch nur in Melanias Leben herum«, griff Annika Christian an. »Das lässt sich leider nicht vermeiden«, gab Christian zu bedenken. »Aber ich darf Ihnen versichern, ich will nicht im Leben Ihrer Tochter forschen, es geht mir ausschließlich um Leon Rincke. Hier gilt es ja, die Umstände des Todes aufzuklären.«

»Aber das macht doch bereits die Polizei«, wunderte sich Annika. »Sicher, aber es kann nicht schaden, ebenfalls einen Beitrag zur Aufklärung des Verbrechens zu leisten. Ich würde mich daher freuen, wenn Sie auch mir sagen, welche Informationen Sie Herrn Rincke gegeben haben.« Christian setzte am

Telefon seine Bitte bitte Stimme ein. »Sie sind gut. Das war genau anders herum«, erklärte Annika. »Herr Rincke wollte uns mit Informationen versorgen, das hat er aber nicht gemacht. Stattdessen hat sie er uns immer vertröstet, das letzte Mal letzte Woche. Wenn sie sich etwas in uns hineinversetzen können, das war schwierig. Aber warum wollen Sie vom Bridge & Tennisclub das wissen?« »Je mehr Informationen man bekommt, desto einfacher ist es, den Tod von Leon Rincke zu konstruieren. Außerdem muss ich Sie vielleicht noch in meine Trauerrede einbauen.« Mit seinem letzten Satz war Christian in ein Fettnäpfchen geraten. »Trauerfeier, und darum rufen Sie mich an«, schrie Annika in den Hörer. »Schreiben Sie einfach: Herr Rincke hat es verdient. Aber belästigen Sie mich nicht mehr mit irgendwelchen vorgeschobenen Gründen. Wenn wir es gekonnt hätten, wir hätten es getan«. Jetzt schluchzte Annika nur noch. »Entschuldigen Sie, es tut mir leid. Das war sehr taktlos von mir«, gab sich Christian reumütig. »Ich denke, wir beenden das Gespräch, bevor ich mich wieder undiplomatisch ausdrücke. Sie haben mir trotzdem sehr geholfen.« »Das denke ich auch«, sagte Annika etwas ruhiger.

Christian ging in seinem Zimmer hin und her. Er schämte sich, weil er so ungeschickt vorgegangen war. Aber er hatte doch interessante Neuigkeiten erfahren. Offenbar hatte Leon überhaupt keine neuen Erkenntnisse, mit denen er Reinhardt hätte erpressen können. Das würde Reinhardt entlasten. Und die Polizei hatte ja auch gesehen, dass es weitere Verdächtige gab. Er konnte den Arzt noch nicht von seiner Liste streichen, aber es gab keinen Grund, ihn auf Platz eins zu führen. Sollte er oder sollte er nicht. Missmutig schaute er auf die Visitenkarte von Katrin.

Dann fasste er sich ein Herz und schrieb diese E-Mail:

Sehr geehrte Frau Kulina,

bezugnehmend auf den Tod von Leon Rincke letzten Samstag freue ich mich, Ihnen mitteilen zu können, dass der von Ihnen verdächtigte Arzt Dr. Reinhardt Runen nicht verdächtiger ist als jede andere Person, die an dem Tag am Tatort anwesend waren.

Meine Researchen haben ergeben, dass Herr Rincke hier im Falle der verstorbenen Melania Meier nicht in der Lage war, Informationen an die Familie weiterzugeben oder zu erhalten.

Ich gehe davon aus, dass Sie das in Ihre Ermittlungen mit einfließen lassen.

Hochachtungsvoll
Christian von Otten

Donnerstag

Katrin

Katrin war schlecht gelaunt aufgewacht. Sie wusste auch weshalb. Bei dem toten Bridgespieler war sie überhaupt nicht weitergekommen. Hier hatte sie das Gefühl, dass sich ihr Team eher von der Aufklärung entfernte statt sich ihr zu nähern. Zudem ließ ihr das Bridgeproblem von Jörn keine Ruhe. Hier kam sie auch nicht weiter.

Ihr Sohn Marius machte keine Anstalten, sich auf die Schule vorzubereiten. Noch im Schlafanzug stocherte er in seinem Müsli, was sie ihm zum Frühstück gemacht hatte, herum. »Meinst du, mir macht es Spaß, dich jeden Tag zu wecken«, explodierte sie. »Dafür zu sorgen, dass du ein Frühstück bekommst und rechtzeitig zur Schule gehst.« »Katrin«, unterbrach sie Andreas, ihr Mann und gab ihr einen Kuss auf die Wange. »«Codewort Mieze.« Katrin atmete tief durch. Das Codewort hatten sie und Andreas vor Jahren vereinbart. Sie hatte ihm gebeichtet, dass sie immer an ihrem Kater ihren Frust ausgelassen hatte, wenn sie anderweitig Stress hatte.

Sie verstand sofort. »Entschuldige Liebes«, entschuldigte sie sich bei ihrem Sohn. »Aber beeilen musst du dich trotzdem. Sonst kommst du doch zu spät zur Schule. Das Gemeckere von deiner Lehrerin wollen weder wir noch sicher du dich anhören. Und jetzt los.«

»Ich bringe Sina in den Kindergarten«, sagte Andreas nett zu ihr, »Dann kannst du in aller Ruhe den Tag beginnen. Heute Abend hast du Jörn und Maria eingeladen, darauf kannst du dich freuen.« »Dank dir, du bist ein Schatz«, lächelte Katrin.

Auf der Autofahrt ließ Katrin Radio Bielefeld laufen, so ließ sich der Stau deutlich einfacher ertragen. Katrins Gedanken wanderten aber abwechselnd zu dem Mord und zu der Bridgeaufgabe.

Christian

Sie öffnete ihre Emails. Dafür, dass sie mitten in einer Mordermittlung waren, war ihr Postfach vergleichsweise leer. Überrascht stellte sie fest, dass sie eine E-Mail von diesem Bridgevorsitzenden bekommen hatte. Sie öffnete sie und musste laut lachen. Wie konnte er es nur schaffen, in eine E-Mail so wenig reinzuschreiben? Natürlich konnte er nicht wissen, dass sie schon viel weiter mit ihren Ermittlungen waren. Irgendwie fand sie die E-Mail aber trotzdem rührend und beschloss, Christian auf das Präsidium zu bitten.

»Entschuldigen Sie die frühe Störung, Herr von Otten«, begann sie. »Schon gut, ich war schon wach«, begrüßte sie Christian. »Außerdem sind Sie sicher im Dienst.«. »Richtig«, bestätigte Katrin. »Genauer bin ich bereits im Polizeipräsidium und dort würde ich Sie auch gerne in Kürze sehen.« »Sie wissen, wo das ist«, schob sie nach, als es an der anderen Seite ruhig war. »Sicher weiß ich, wo das ist«, bestätigte Christian. »Dann mache ich mich gleich auf den Weg und bin in etwa einer halben Stunde bei ihnen.«

Es waren gerade zwanzig Minuten vergangen, als Katrin Besuch angekündigt wurde. »Setzen sie sich doch, Herr von Otten«, begrüßte sie Christian. Er nahm ihr gegenüber Platz. »Sie haben mir gestern Abend eine E-Mail geschrieben«, eröffnete Katrin. »Das ist richtig«, bestätigte Christian. »Nur leider, Herr von Otten«, fing Katrin an, »entnehme ich Ihrem Schriftstück, dass Sie weiterhin am Forschen sind, was den Mord an Leon Rincke angeht.« Christian nickte. Er sah Katrin an, dass sie weiterreden wollte. »Wir sind uns einig, dass Ihre E-Mail nicht besonders aufschlussreich ist«, fuhr Katrin fort. »Was will ich, was will die Polizei mit Ihrer persönlichen Lageeinschätzung anfangen?« Katrin schaute Christian tief in die Augen, Christian hielt dem Blick stand. »Aber ich habe doch meine Einschätzung mit Ihnen geteilt.« »Aber Sie haben mir sicher nicht alles erzählt«, beharrte

Katrin. »Aber viel mehr habe ich doch nicht. Ich habe mit der Mutter von Melania Meier gesprochen und daraus meine Schlüsse gezogen«, verteidigte sich Christian. »Nicht viel mehr ist nicht nichts«, stellte Katrin fest.

Christian blickte auf Katrins Schreibtisch herum. So sah er die Aufgabe, die Jörn Katrin gestellt hatte. »Ich sehe, Sie haben ein wenig Feuer für das Bridgespiel gefangen«, wechselte Christian das Thema. Katrin blickte sich im Büro um. Heute war sie die erste. Eigentlich könnte sie jetzt in Ruhe mit ihm die Aufgabe besprechen. Das würde auch Vertrauen zu dem Vorsitzenden aufbauen, wäre also irgendwie auch dienstlich. »Eine Gegenspielaufgabe, hat man mir gesagt«, erklärte Katrin. »Schon gelöst?« fragte Christian neugierig. »Nicht ganz«, beichtete Katrin. Sie schaute sich die Aufgabe noch einmal an.

Die Gegner müssen neun Stiche machen, wie immer ohne Trumpffarbe. Dein Partner spielt die Karo 10 aus. Auf dem Tisch siehst du

Pik: K D B 10 9 8 4

Coeur: 8 4 3   Karo: 8 2

Treff: 9

und selbst hältst du

Pik: A 7 6 5

Coeur: K 9 5   Karo: 7 5

Treff: K 10 4 2

Du gibst in Karo die 5 zu und der Alleinspieler gewinnt den Stich mit dem Karobuben. Jetzt spielt der Alleinspieler die Pik 3 und dein Partner gibt die Treff 5 zu. Der Tisch legt den Pikkönig.

»Jetzt bin ich dran, mehr als den König kann ich für das Ass nicht bekommen«, meinte Katrin. »Und dann muss ich eine Karte zurückspielen.« »Nicht so schnell«, mahnte Christian. »Was wissen Sie denn über die Pikfarbe?« Katrin schaute ihn erstaunt an. »Nun, wer hat wie viele Karten?«, war Christian Bridgelehrer, um ohne eine Antwort abzuwarten, fortzufahren: »Insgesamt gibt es in jeder Farbe dreizehn Karten. Wie viele Karten sehen Sie?« Katrin blieb immer noch stumm. »Sieben Karten liegen auf dem Tisch«, begann Christian. »Ich habe vier Karten«, verstand Katrin jetzt. »Mein Partner hat keine, weil er ja bereits beim ersten Mal nicht bedient hat. Somit hat der Alleinspieler zwei Karten. Eine hat er gelegt. Somit hat er noch eine Karte in der Hand.« »Richtig«, lobte Christian. »Wenn er wieder am Stich ist, wird er dann seine letzte Pikkarte spielen und am Tisch erst die Dame dann den Buben, 10 und so weiter spielen. Sie müssen immer kleine zugeben und danach andere Karten abwerfen.« Katrin überlegte eine Weile. »Wie wäre es, wenn ich erst beim zweiten Mal das Ass zugebe? Ich kann ja beim ersten Mal eine kleine Karte zugeben.« »Sehr gut, Frau Kommissarin«. Christian war zufrieden. »Schauen Sie sich doch den Tisch genauer an. Dann hätte der Alleinspieler keine Pikkarte mehr in der Hand und kommt so nur zu einem Pikstich statt sechs Pikstichen. Nicht umsonst heißt das Spiel auf Deutsch Brücke und er hat dann einfach kein Pik mehr, um wieder zu dem Tisch zurückzukehren.«

»Aber was ist, wenn jetzt Pik fortgesetzt wird und ich dann den zweiten Stich mit dem Ass gewinne? Was soll ich denn dann zurückspielen?«, dachte Katrin laut nach. »Das lässt sich so gar nicht sagen«, erklärte Christian. »Sie und Ihr Partner sollten vor dem Spielen vereinbaren, was so ein Abwurf bedeutet. Zusätzlich sollten Sie sich auch über Regeln beim Ausspiel Gedanken machen.

Hier sind wir ja im Sans Atout, so nennt man beim Bridge Spiele ohne Trumpffarbe. Hier geht es für sie und den Alleinspieler meistens darum, Stiche zu entwickeln. In Ihrem Beispiel hat der Alleinspieler zum Beispiel versucht, Stiche in Pik zu entwickeln. Daher spielen Sie im Normalfall Ihre beste und längste Farbe aus. Folgende Ausspielregeln sind üblich: Von einer Sequenz, also zwei oder mehr Karten, die aufeinander folgen, also K D oder D B, spielen Sie die höchste aus. Das gilt aber nur, wenn die höchste Karte mindestens die 10 ist. Haben Sie keine solcher Sequenzen, spielen Sie die vierthöchste Karte aus, also zum Beispiel von K 10 7 5 4 die 5.«»Habe ich verstanden«, folgte Katrin.

»Jetzt zu den Karten, die man abwirft. Auch hier können Sie Informationen durch die Karten vermitteln, die Sie abwerfen. Da gibt es wirklich viele Möglichkeiten. Eine einfache Möglichkeit wäre zum Beispiel, eine hohe Karte zeigt Interesse an der Farbe, so etwas wie eine acht oder neun. Eine kleinere Karte zeigt dann Desinteresse an der entsprechenden Farbe. Aber das müssten Sie vor dem Spiel mit ihrem Partner abgesprochen haben.

Wenn Sie nichts abgesprochen haben, würde ich einfach die Farbe des Partners zurückspielen.«

»Ich fasse zusammen«, resümierte Katrin. »Das Wichtigste ist es, nicht den ersten Pikstich mit dem Ass zu gewinnen, sondern eine kleinere Pikkarte zuzugeben. Wenn der Alleinspieler jetzt Pik weiterspielt, müsste ich wissen, was mir mein Partner mit der Treff 5 sagen will. Ansonsten spiele ich einfach Karo zurück.«

»Richtig«, sagte Christian. »Aber jetzt, wo ich Ihnen geholfen habe, warum nutzen Sie nicht einfach meine Informationen zu Dr. Runen?«»Das ist einfach, Herr Hobbykommissar«, lachte Katrin. »Sie unterschätzen mich und unser Team von der Polizei gewaltig. Natürlich haben wir auch schon mit der Familie der verstorbenen Patientin gesprochen. Sie liefern uns hier keine neuen Erkenntnisse.«»Heißt das, Sie halten Dr. Runen trotzdem für hauptverdächtig?«, war Christian leicht ungehalten. »Herr von Otten«, setzte Katrin ihre Polizistenmiene auf. »Wie Sie wissen, dürfen wir zu laufenden Ermittlungen nichts sagen. Vor allem nicht zu einem Außenstehenden, auch wenn Sie sich gerne anders sehen. Trotzdem kann ich Ihnen soviel sagen: Sie wissen genauso gut wie ich, dass der Arzt natürlich zum Kreis der Verdächtigen gehört. Es würde mich aber freuen, wenn Sie uns weiterhin

Informationen zukommen lassen würden, die bei der Aufklärung des Falles helfen könnten. Aber ich gebe Ihnen noch einen Tipp.«»Welchen?« »Versuchen Sie nicht auf eigene Faust den Mörder zu finden«, empfahl Katrin. »Er oder sie ist nicht ungefährlich. Einen Menschen hat er ja schon auf dem Gewissen.« Christian bedankte sich für den Tipp und verließ das Polizeipräsidium.

Mario

Mandy kam etwa zu dem Zeitpunkt, als Christian das Präsidium verließ. »Guten Morgen Mandy«, begrüßte Katrin ihre Kollegin. »Ich fürchte, ich war etwas zu nett zu unserem Bridgemeister. Ich hoffe aber trotzdem, dass er verstanden hat, dass seine Ermittlungen sowohl gefährlich als auch wenig hilfreich sind.« »Auch ich glaube noch an den Weihnachtsmann«, bewertete Mandy die Hoffnung von Katrin. »Aber abseits von dem Vorsitzenden haben wir auch noch Arbeit«, sagte Katrin. »Lass uns gleich einmal Mario Meier in seiner Firma einen Besuch abstatten.« »Wer war das noch einmal?«, war Mandy noch nicht im Bilde. »Das ist der Bridgespieler, dem dieser Herr Rincke Geld geliehen hat«, erklärte Katrin. Mandy erinnerte sich und nickte.

Sie fuhren Richtung Paderborn auf der A33. Direkt an der Autobahn, etwa auf halber Strecke zu Paderborn, war die Firma von Mario Meier. »Meier Import & Export« war groß auf dem Firmengelände zu lesen. Mehrere Autos, teilweise nach Katrins Einschätzung Schrottautos, standen auf dem Gelände. Mario sah die beiden Polizistinnen und begrüßte sie auf dem Gelände. »Womit kann ich ihnen dienen?« »Können wir das irgendwo in Ruhe besprechen?«, schlug Katrin vor. Mario zeigte auf das Firmengebäude, aus dem er gerade gekommen waren. »Gehen wir in mein Büro.«

Sie saßen zu dritt in dem Büro von Mario. Standardeinrichtung, nichts Extravagantes, stellte Katrin für sich fest. »Schön, dass Sie sich Zeit für uns genommen haben«, eröffnete sie. »Was soll ich auch anderes tun?«, stellte Mario achselzuckend fest. »Stimmt«, Katrin schenkte der Runde ein Lächeln. »Kommen wir also gleich zur Sache. Sie haben uns nicht alles erzählt, Herr Meier. Wir wissen, dass Sie von dem Mordopfer kurz vor dessen Tod eine Zahlung von 48.000 € bekommen haben.«»Musste ich das wirklich zugeben, es ist mir selbst unangenehm, den Kredit angenommen zu haben?«, fragte Mario verunsichert. »Außerdem hätten Sie mich dann ja sofort als Verdächtigen angesehen.« »Herr Meier«, erklärte Katrin. »Das Geld ist auf Ihr Konto geflossen. Es geht hier nicht darum, ob wir von der Zahlung erfahren, sondern nur wann. Erzählen Sie uns, warum Sie diesen Vertrag unterschrieben haben. So hohe Zinsen sind ja Wucher.« »Ich hätte ohne den Kredit Insolvenz anmelden müssen«, fing Mario an. »Wissen Sie, ich warte auf einen großen Auftrag und der Kunde aus Polen hat mir versprochen, endlich seine Rechnung zu bezahlen. Leider werden die Autos auf dem Hof nicht wertvoller.«»Vielleicht ist eine Insolvenz das kleinere Übel«, schlug Mandy vor. »Ich bekomme das in den Griff«, schlug Mario den Tipp trotzig zur Seite.

»Wir interessieren uns, wie Sie wissen, weniger für die Finanzen ihrer Firma«, kam Katrin wieder zu Leon zurück. »Was uns mehr interessiert, ist, ob dieser Kredit ein Mordmotiv darstellt. Dadurch, dass Sie uns hiervon nicht freiwillig erzählt haben, machen Sie sich zumindest nicht unverdächtiger.« Katrin schaute aus dem Fenster. Sie entdeckte einen Carport, unter dem ein schöner Sportwagen stand. »Was ist das denn für ein Flitzer unter dem Carport«? fragte sie interessiert. »Ein zwei Jahre alter Maserati«, schwärmte Mario. »Sie ahnen gar nicht, was das für ein Fahrgefühl ist, in so einem Auto zu sein. Sie fahren hier nicht über die Autobahn, Sie schweben über der Autobahn«.»Dann ist der Wagen aber ein Motiv«, meinte Katrin, als Mario mit den Schwärmereien fertig war. »Auch wenn ich mir vorstellen kann, dass der

Wagen auch anderweitig beliehen ist, wenn Sie den Kredit nicht hätten zurückzahlen können, hätte Herr Rincke laut dem Vertrag Anspruch auf den Wagen gehabt.« »Geben Sie mir zwei Wochen und meine Firma steht blendend da«, bettelte Mario. »Sie verstehen uns leider immer nicht«, wurde Katrin deutlicher. »Die Ordnung ihrer Geschäftsfinanzen interessieren uns nicht, vielleicht die Erben von Herrn Rincke. Was wir wollen, ist den Mord an eben diesen aufklären.« »Aber das war ich nicht«, protestierte Mario. »Ich hatte doch erst vor kurzem das Geld bekommen.« »Vielleicht wollte Herr Rincke vom Vertrag zurücktreten«, mutmaßte Katrin. »Ich weiß es nicht«, seufzte Mario. »Mir hat er keine Andeutungen in diese Richtung gemacht. Aber es ist jetzt auch egal.«

»Sie wissen, dass wir hier in einem Mordfall unterwegs sind«, wurde Katrin konkreter. »Sie verstehen sicher, dass wir Sie bei der übersichtlichen Anzahl an Verdächtigen nicht als Täter ausschließen können. Wir müssen uns daher auch Ihr Smartphone etwas genauer anschauen. Wir wissen, dass wir momentan keinen Durchsuchungsbeschluss haben. Daher kann ich Sie nur bitten, uns das Smartphone, was Sie gerade nutzen, mitzugeben. Sie würden uns die Arbeit sehr erleichtern.« »Legen Sie einfach eine Rufumleitung, wir werden Ihnen Ihr Smartphone so schnell wie möglich zurückbringen«, empfahl Mandy. »Und der Vertrag mit Herrn Rincke?«, wollte Mario wissen. »Damit haben wir weniger zu tun, das ist Vertragsrecht. Wir sind nur für die Aufklärung des Mordes zuständig.« Mit der Antwort von Katrin war Mario zwar nicht glücklich, aber er gab den beiden Polizistinnen das Handy. »Schicker Oldtimer, den Sie als Hintergrund auf ihrem Smartphone haben«, bemerkte Katrin. »Wollen Sie den Volvo sehen? Sie können auch eine Fahrt in ihm machen«, fragte Mario erwartungsvoll. »Wir sind leider im Dienst«, lehnte Katrin bedauernd ab.

»Ich glaube, wir sind auch der Gräfin einen Besuch schuldig«, meinte Katrin im Auto zu Mandy, die zustimmend nickte.

Ursula

Kurze Zeit später hielten sie vor der Villa von Ursula. Sie klingelten und eine Frau, die Katrin auf Mitte vierzig schätzte, öffnete die Türe und ging auf die beiden Beamtinnen zu. Sie hatte ein buntes Sommerkleid an und die Ähnlichkeit zu Ursula war unverkennbar. »Was kann ich für Sie tun?«, fragte sie und Katrin und Mandy zeigten ihr ihre Dienstausweise. »Wir hätten noch ein paar Fragen an die Hausherrin«, beantwortete Katrin die Frage. »Kripo, Sie wollen zu meiner Mutter«, vergewisserte sich die Frau. »Wenn Sie die Tochter von Ursula Gräfin zu Hasten sind, dann ja«, bejahte Katrin. »Ist es wegen dem schrecklichen Vorfall am Samstag?«, wollte die Tochter weiter wissen. »Auch wenn es natürlich kein großes Geheimnis ist, aber das würden wir schon gerne mit Ihrer Mutter besprechen«, sagte Katrin und Mandy nickte zustimmend.

»Wissen Sie, dieser Leon war ein Betrüger«, polterte die Tochter los. »Das können Sie uns gleich im Haus erzählen«, schlug Katrin vor. »Wie unhöflich von mir, mich weder Ihnen vorgestellt zu haben noch Sie in das Haus zu bitten«, redete sie weiter. »Anke Antus, geborene zu Hasten.«

Sie führte Mandy und Katrin in die Villa. »Ich habe von dem tragischen Ende von dem Jungen gehört, das hat mir meine Mutter erzählt«, fuhr sie fort, als sie im Haus waren. »Sie haben gesagt, Herr Rincke sei ein Betrüger. Können Sie das bitte ein wenig erläutern«, begann Katrin ihre Ermittlungen. Die Tochter von Ursula fühlte sich sichtlich unwohl bei der Frage. »Wir haben bereits mehr Kenntnisse als Sie jetzt denken. Ich darf Sie bitten, zu erzählen, was Sie wissen. Wir hatten bereits Zugriff auf die Konten des Verstorbenen«, tastete sich Katrin sehr weit vor. Anke gab sich einen Ruck und erzählte: »Dann wissen Sie ja von der Zahlung von meiner Mutter. Ich habe ihm aber letzte

Woche sehr eindrücklich klar gemacht, dass der Vertrag mit meiner Mutter ungültig ist. Ich habe ihm erklärt, dass kein Gericht dieser Welt diese, wie er es nannte, Anlage durchgehen lassen würde. Wenn Sie mich fragen, ein unverschämter Versuch, eine alte Dame zu übertölpeln.«»Wie hat er reagiert?«, erkundigte sich Katrin.»Ich habe ihn angerufen«, antwortete Anke.»Zunächst war er etwas zugeknöpft. Aber dann hat er doch zugestimmt, dass er sich darum kümmert. Wie geht es denn jetzt mit dem sogenannten Vertrag weiter?«»Das ist leider nicht unsere Aufgabe«, räumte Katrin ein.»Unsere Aufgabe besteht ausschließlich darin, den Mord aufzuklären, nicht das Erbe des Verstorbenen zu verwalten.«

Ursula kam in den Flur.»O, die Frau von der Polizei«, sagte sie in die Runde.»Frau Gräfin«, begann Katrin.»Ihre Frau Tochter hat uns etliches von Ihrer Geldanlage bei Herrn Rincke erzählt.«»Das ist mir wirklich peinlich«, senkte Ursula den Kopf.»Aber meine Tochter hat mir versprochen, das zu regeln.«

»Aber Sie wollten das selber regeln«, preschte Mandy vor. »Sicher, aber nicht so, wie Sie jetzt meinen«, verteidigte sich Ursula.»Aber Gelegenheit hatten Sie ja genug«, versuchte Mandy weiter die Gräfin aus der Reserve zu locken.»Nicht mehr oder weniger als alle anderen«, sprach Anke für ihre Mutter.»Der Betrag ist doch für einen Mord nicht ausreichend.«»Da haben Sie natürlich recht«, sagte Katrin.»Das hat auch niemand behauptet. Aber SWie haben uns trotzdem sehr geholfen. Wir bedanken uns erst einmal und melden uns, wenn wir weitere Erkenntnisse haben.«

»Da haben wir ja good Cop, bad Cop gespielt«, sagte Mandy zu Katrin, als sie wieder im Polizeiwagen saßen.»Hätte man zwar durchaus ausbauen können, aber es hilft uns in einer anderen Sache. Mario Meier hatte ein starkes Motiv.«

Christian

Christian ließ den Vormittag Revue passieren. Das Gespräch mit der Polizistin verlief ganz zufriedenstellend. Sogar ein gewisses Talent zum Bridgespielen konnte er ihr nicht absprechen. Natürlich hatte er ihr nicht erzählt, dass der Bridgeclub am Nachmittag eine Trauerfeier für Leon veranstalten wollte. Danach wollte er noch zwei Telefonate mit den Lokalredaktionen der Neuen Westfälischen und dem Westfalenblatt führen. Ob dadurch allerdings der Druck auf den Mörder erhöht werden würde, bezweifelte er. Ihm machte etwas anderes Sorgen. Was, wenn jetzt doch Sandra für den Mord verantwortlich war? Er konnte nicht bestreiten, dass auch Sandra ein Motiv gehabt hätte. Leon hatte sie abblitzen lassen. Es ließ sich nicht leugnen, dass Sandra jetzt einen besseren Liebhaber hatte. »Nein, Sandra war es nicht«, hörte er auf sein Herz. Aber er wusste nicht, ob er in diesem Fall auf sein Herz hören konnte.

Ursula

Christian beschloss, deutlich vor Beginn der Feier zu Ursula zu gehen. Zum einen konnte er sich so besser auf die Rede vorbereiten, zum anderen wollte er noch einmal in Ruhe mit Ursula sprechen. Er konnte Ursula in ihrer Rolle bei dem Mord bislang überhaupt nicht einschätzen. Daher war es ihm wichtig, sie zu diesem Zeitpunkt in aller Ruhe zu sprechen.

»Schön, dass du schon da bist«, begrüßte Ursula Christian. »Ich habe, wie du schon siehst, Schnittchen für alle gemacht und die Sektgläser mit Orangensaft gefüllt. Bei dem Anlass kann ich unmöglich Sekt anbieten.« »Das sehe ich auch so«, lobte Christian.

»Du hast dir richtig Mühe mit der Vorbereitung gegeben.« »Hatte ich doch gesagt, machen lassen«, korrigierte Ursula. »Meine Tochter Anke war da und hat mir geholfen. Und die Polizei war auch schon wieder da.« »Was wollte die schon wieder?«, stöhnte Christian. »Die wollen jetzt doch hoffentlich nicht kommen wollen.« Ursula stieß einen tiefen Seufzer aus. »Wir haben nichts erzählt und die hatten nicht gefragt. Aber die Rothaarige meinte, ich könnte etwas damit zu tun haben.« »Also nicht die Bridgespielerin«, dachte sich Christian erleichtert, laut aber sagte er: »Ganz objektiv betrachtet, am einfachsten wäre es für dich gewesen, Leon das vergiftete Stück Kuchen zu geben. Aber nach-dem alle oben in deiner Sammlung waren, hatte ja auch jeder die Chance, alleine unten zu sein und den Kuchen zu vergiften.« »Ich habe das schon bei der Einladung gesagt«, erinnerte sich Ursula. »Jedem habe ich gesagt, man könne auch meine Kunstsammlung betrachten. Ich denke, du weißt, wie schön sie ist. Ich würde mich freuen, sie dir noch einmal zeigen zu dürfen.« Christian nickte zustimmend.

So schlenderten die beiden durch die Galerie. Christian interessierte sich weniger für die Bilder, sondern für die Möglichkeit, hier ungesehen schnell nach unten in den Spielsaal zu kommen. »Da hatte der Täter ja leichtes Spiel«, sagte er zu sich selbst. So verwinkelt wie die Bilder aufgehängt waren, er hätte unbemerkt sogar nach der Tat in die Galerie zurückkommen können.

»Meinst du, du wirst den Täter überführen?«, fragte Ursula. »Ich weiß es nicht«, antwortete Christian. »Aber ich bin mir sicher, der Mörder wird heute sehr nervös sein.« »Ich bin auch nervös«, beichtete Ursula. »Heute kommen so viele Personen, das hatte ich zuletzt an meinem 70. Geburtstag.« »Aber du hast das doch bislang gut gemacht«, beruhigte Christian. »Es ist alles, wie ich es sehe, gut vorbereitet. Was passiert eigentlich mit den 52.000 €, die du Leon überlassen hattest?« Ursula errötete. »Da habe ich mich wohl nicht so geschickt angestellt«, antwortete sie. »Aber Anke kümmert sich darum, das in Ordnung zu bringen.«

»Soll ich noch helfen, die Bridgetische aufzubauen?«, bot sich Christian an. »Warum, willst du danach noch Bridge spielen?«, fragte Ursula überrascht. »Warum eigentlich nicht?«, war Christian von seiner Idee angetan.

Leon

Langsam trudelten die Gäste bei Ursula ein. Christian nahm sich Sandra beiseite. »Es wäre schön, wenn du versuchen könntest, soviel wie möglich von der Rede aufzuzeichnen. So wie wir das besprochen haben«, flüsterte er ihr zu. »Klar doch«, gab Sandra zurück.

Es war 17:10. Die Gäste hatten Ursulas Angebot von Orangensaft und Schnittchen angenommen und saßen meist zu viert um die Tische. Christian schätzte die Anzahl der Bridgespieler auf etwa zwanzig. Von den Mitgliedern, die am Samstag anwesend waren, fehlten nur Reinhardt und natürlich Leon. Von den anderen waren fast alle alleine gekommen. Nur Hans kam in Begleitung von Jaqueline. Aber sie war ja auch Mitglied, wusste Christian. Dem Anlass entsprechend war die vorherrschende Farbe bei dem Ereignis Schwarz. Auch Christian hatte sich für einen schwarzen Anzug mit einem weißen Hemd entschieden. Christian klopfte mit einem Löffel mehrfach gegen sein Glas. »Darf ich um Ihre Aufmerksamkeit bitten?« Das allgemeine Gemurmel verstummte.

Ich freue mich, dass wir heute so zahlreich erschienen sind, um uns von unserem Bridgefreund Leon Rincke zu verabschieden. Ich selbst durfte Leon kennenlernen, als er gerade mit dem Bridgespiel und dem Studium an der Universität angefangen hatte. Schnell schon hat sich Leon durch kompetentes

und freundliches Spiel in unserem Bridgeclub einen Namen gemacht. Unver-
gessen, wie er unseren Bridgeclub durch einen hervorragenden fünften Platz
bei der deutschen Juniorenmeisterschaft zu nationalem Stolz verholfen hat.

Ich möchte auch nicht unerwähnt lassen, dass Leon, obwohl er mit mir
spielen musste, vor einem Jahr das Bezirksturnier in Münster gewonnen hat.
Es gab damals sicher niemanden, der Leon diesen Sieg nicht gegönnt hat. Sie
sehen, auch überregional überzeugte Leon durch seine nette und unvergleich-
bare Art.

Wir wissen, dass sein Studium kurz vor dem Abschluss stand. Wir wis-
sen nicht, welche berufliche Karriere Leon eingeschlagen hätte, wenn er die
Zeit gehabt hätte, sein Wesen und sein Wissen für das Gemeinwohl einzu-
bringen.

Leider ist es Leon beschieden gewesen, dass er in diesem Raum das Zeitli-
che segnen musste. Bislang wissen weder wir noch die Polizei über die Hinter-
gründe Bescheid. Wir haben genau diesen Ort gewählt, um uns von Leon zu
verabschieden. Wir sind es Leon schuldig, seinen Tod aufzuklären. Hier
nehme ich auch mich persönlich in die Pflicht, mich dieser Aufgabe zu stellen.
Ich wende mich daher an alle Spieler, die letzten Samstag hier im Hause von
Ursula zu Gast waren. Wenn einem noch etwas einfällt, werde ich immer ein
offenes Ohr haben.

Wir alle wissen, wie schwer es ist, einen geliebten Menschen zu verlieren.
Vielleicht haben ihn nicht alle geliebt, aber es gibt Menschen, die ihn geliebt
haben. Unser Mitgefühl gilt daher seinen Freunden, seinen Angehörigen und
hier besonders seinen Eltern. Es fällt schwer, in dieser Situation die richtigen
Worte zu finden. Ich habe mir erlaubt, eine schlichte Trauerkarte mitzubrin-
gen. Ich würde Sie alle bitten, gleich die Karte zu unterschreiben. Ich werde
sie den Eltern von Leon persönlich überbringen.

Ich weiß, es besteht der begründete Verdacht, dass Leon durch einen von
uns aus seinem jugendlichen Leben gerissen wurde.

Es ist für mich unerträglich, zu akzeptieren, dass einer von uns für die
Tat verantwortlich sein soll. Insgeheim wünsche ich mir, und da spreche ich
vermutlich für den gesamten Bridgeclub, dass sich alles aufklärt und es sich in
Anführungsstrichen nur um einen Unfall handelt. Ich selber könnte hier nie-

Christian zählte in Gedanken bis 80. »Danke«

»Ich gehe davon aus, dass heute und hier nicht der Zeitpunkt gekommen ist, ein Turnier zu spielen,« war Christian immer noch im Mittelpunkt. »Ich schlage vor, wir spielen einfach ein wenig Rubberbridge«.

Christian sah sich in der Runde um. Die Karte für Leons Eltern wurde herumgereicht, alle schienen zu unterschreiben. Er hatte daran gedacht, ein wenig Geld beizulegen. Letztendlich kam ihm das aber doch taktlos vor.

»Ich habe die Trauerfeier aufgezeichnet, ich schicke dir die Datei zu«, sagte Sandra zu Christian, als sie kurz alleine war.

Nach nur einer Stunde verließ Christian die Villa von Ursula. Ihm war heute nicht nach Bridgespielen zumute.

Katrin

Katrin kam mit einer Kaffeetasse bewaffnet in die Dienstbesprechung. Sie war die letzte, die den Raum betrat. Wegen dem Mord an Leon gab es die diese Woche täglich.

»Ich habe eine Theorie, die ich mit euch besprechen möchte«, platzte Katrin in die Runde. »Wie es aussieht, hat sich das Opfer im ganzen Bridgeclub ausgesprochen unbeliebt gemacht und faktisch jeder hatte ein Motiv, ihn ins Jenseits zu befördern. Das erinnert mich an Agatha Christies Mord im Orientexpress. Was, wenn wir hier mehr als einen Mörder haben?«

Eine kurze Pause entstand, danach äußerte sich Volker: »Ich muss gestehen, ich hatte in diesem seltsamen Fall auch schon diesen Verdacht gehabt. Dann wäre diese abenteuerliche Gemäldevorstellung in erster Linie eine Aktion gewesen, um Herrn Rincke von seinem Kuchen wegzulocken und einem der Anwesenden die Möglichkeit zu geben, das Gift auf den Kuchen zu bringen. Zudem erschwert uns diese Aktion die Rückverfolgung des Täters.« Volker sortierte gedankenlos ein paar Blätter, die auf seinem Tisch lagen, dann überlegte er laut: »Wir sollten hier einen Überraschungsangriff probieren, Die Gräfin wäre in jedem Fall involviert, somit bietet es sich an, sie als erste mit dieser Theorie zu konfrontieren. Nach allem, was ihr mir über sie erzählt habt, kann ich mir nicht vorstellen, dass sie ein solches Verhör lange durchhält, wenn sie schuldig ist. Ich schlage daher vor, wir rufen sie an und bestellen sie einfach morgen auf das Präsidium.« Wir holen sie morgen ab«, schlug Mandy vor. »Das geht nicht«, stellte Volker fest. «Wir können nur bei dringendem Verdacht ein blau-weißes Taxi bereitstellen.«

»Dann könnte auch dieser Möchtegernkommissar beteiligt sein«, warf Katrin ein. Natürlich wusste jeder am Tisch, wen Katrin meinte. »Dann beordern wir den auch in das Präsidium, ein nicht abwegiger Gedanke«, legte Volker fest. »Ich werde ihn zusammen mit Klaus vernehmen. Schließlich soll es ja um Mord gehen und nicht um irgendwelche Könige und Damen.« Katrin errötete und fühlte sich ertappt. »Es macht aber nichts, wenn der Herr irgendjemanden vertraut«, wandte sich Volker an Katrin. »Wer weiß, wozu es gut ist.«

»Wir haben noch zwei weitere interessante Informationen«, sagte Volker. »Zum einen hat Arjan das Handy von Mario Meier untersucht. Wenn er für den Mord verantwortlich zeichnet, hat er sich danach ausgesprochen unauffällig verhalten. Arjan hat keine besonderen Aktivitäten feststellen können, die nach so einer Tat zu erwarten gewesen wären. Wir werden ihm daher das Smartphone nach der Sitzung zurückbringen. Wir ist in dem Fall Arjan und ich.

Wir werden danach weiterfahren und dem Herrn Doktor einen Besuch abstatten. Wir müssen sehen, wie er reagiert, wenn er erfährt, dass Herr Rincke ihm seinen Rechner infiziert hatte. Wir werden hier etliche Schadsoftware herunternehmen müssen. Genauer, Arjan macht das, ich bin kein Fachmann. Vielleicht lassen sich von dem Rechner des Doktors auch interessante Schlüsse ziehen.«

Die Gruppe hörte interessiert zu. Volker war offenbar noch nicht fertig. Und er fuhr fort:»Wir haben noch einen interessanten Anruf von der NW bekommen. Da hat jemand versucht, anonym eine Traueranzeige zu schalten. Der Text ist kurz: Leon. Er war ein schlechter Mensch.« Katrin konnte sich ein Grinsen nicht verkneifen.»Liebe Frau Kollegin«, sagte Volker in einem neutralen Ton,»wir sind hier nicht in einer Komödie, sondern in einem Mordfall. Aber dann hat dieser anonyme Täter versucht, die Anzeige zu bezahlen und so haben wir Annika Meier als Besitzerin des Paypal-Kontos nachverfolgen können«.»Könnte es sein, dass das Ehepaar Meier doch irgendwie mit verwickelt ist?«, fragte Katrin in die Runde.»Vielleicht hatten die Eltern auch eine Möglichkeit, das Gift auf den Kuchen von Leon zu bringen.«»Allein ist unwahrscheinlich«, wiegelte Klaus ab.»Da hätten sie einfach zu viel wissen müssen. Aber bei Katrins Idee des gemeinschaftlichen Mordens könnten sie natürlich beteiligt sein.«»Ich fahre noch mal bei denen vorbei«, schlug Katrin vor.»Du kannst Mandy mitnehmen«, sagte Volker.»Hoffen wir, dass wir dadurch neue Erkenntnisse haben.«

Annika

»So stelle ich mir die Zusammenarbeit mit der Polizei vor«, dachte sich Katrin, als sie sich erneut auf dem Weg zu der Wohnung von den Meiers machte. Sehr aufmerksam von der Lokalredaktion der NW. Soviel Zusammenarbeit gab es natürlich nicht mit diesem von Otten und dem Rest von dem Bridgeclub. Aber was regte sie sich auf, das war ihr Beruf.»Das dauert ja heute wieder ewig«, wandte sich Katrin auch von dem Verkehr genervt an Mandy. »Leider reicht die Wichtigkeit unseres Einsatzes nicht für Blaulicht.«

»Hallo Frau Meier, wir sind es wieder, Kriminalpolizei Bielefeld«, begrüßte Katrin Annika. »Können wir reinkommen?« »Was gibt es denn jetzt schon wieder?«, fragte Annika genervt, ließ die beiden Frauen aber doch in die Wohnung.

»Wir sind, wie Sie sich denken können, hier wieder wegen dem Fall Leon Rincke«, begann Katrin. »Kommen wir gleich zur Sache: Was haben Sie sich eigentlich bei der Traueranzeige gedacht?« Annika war überrumpelt: »Wie haben Sie das denn schon so früh herausbekommen?« Katrin schlug die Augen auf und zu. »Was denken Sie, auch wenn Sie es anonym gemacht haben. Ein Paypal-Konto ist nicht anonym. Und in einem Mordfall kommen wir sehr schnell an Informationen.« »Er hat unser ganzes Leben aufgewühlt, genau, als wir dabei waren, ein wenig zur Normalität zurückzukommen«, verteidigte sich Annika.

»Wir verstehen Sie ja«, war Katrin mitfühlend. »Sie sind verärgert, weil Herr Rincke sich wirklich nicht pietätvoll verhalten hatte. Aber wenn ich einmal als Mutter und nicht als Polizistin zu Ihnen sprechen darf. Ich würde als Mutter von Leon diese Anzeige nicht lesen wollen. Sie muss den Tod ihres Sohnes verarbeiten. Sie wird jetzt mit Teilen des Lebens von Leon konfrontiert, auf die sie nicht stolz sein kann.« »Zu Recht nicht stolz«, zischte Annika dazwischen. »Aber darum geht es jetzt nicht«, fuhr Katrin fort. »Die Anzeige wird so nicht erscheinen«. »Wirklich nicht?« Annika war ein wenig enttäuscht.

»Aber jetzt bin ich wieder Polizistin«, Katrin schenkte Annika ein Lächeln. »Wir sind hier als Ermittler unterwegs und so müssen wir jedem Hinweis nachgehen, der uns bei der Aufklärung des Falles helfen könnte.« Annika hörte konzentriert zu, somit setzte Katrin fort: » Bei der Frage nach dem Motiv müssen wir konstatieren, dass Sie ein solches natürlich haben. Was Sie nicht hatten, ist die Gelegenheit.«

Jetzt wurde Annika wütend: »Soll das heißen, dass Sie uns nach all dem Leid, was uns angetan wurde, auch noch zusätzlich für den Mord verantwortlich machen wollen?« »Nein«, beschwichtigte Katrin. »Aber es geht schon darum, ob Sie uns bei der Aufklärung des Falles helfen können. Was wissen Sie über den Bridge & Tennis Club Bielefeld?« »Nichts, was Sie nicht schon wüssten«, gab Annika genervt zurück. »Nur, dass da ein von Otten oder so bei uns angerufen hat, aber ansonsten ist da kein Kontakt. Wir wussten bislang noch nicht einmal, dass der Club überhaupt existiert.«

»Aber was ist mit dem Arzt? Mit dem haben Sie doch sicher Kontakt?«, fragte Mandy zuckersüß. »Der ist auch in diesem Verein?«, war Annika überrascht. »Aber nein, wir hatten schon lange keinen Kontakt mehr zu ihm. Weshalb auch?«

»Auf jeden Fall bedanken wir uns herzlich für die Zeit, die Sie sich für uns genommen haben«, beendete Katrin das Gespräch.

»Klingt für mich richtig glaubwürdig«, resümierte Katrin im Streifenwagen. Sie nahmen wieder Kurs auf das Polizeipräsidium. »Offensichtlich weiß die Familie wirklich nichts über den Bridgeclub.« »Das würde sie aber vom Kreis der Verdächtigen ausschließen«, analysierte Mandy. »Wohl wahr«, murmelte Katrin. So richtig hatte sie die Familie von Melania sowieso nie auf dem Schirm gehabt.

Jörn

»Schön, dass du pünktlich zu Hause bist«, freute sich Andreas. »Weil Jörn und Maria heute so früh kommen, habe ich die Kinder bei meiner Mutter geparkt. Sie bringt Marius morgen auch zur Schule und Lisa in den Kindergarten. Und ich habe uns einen bunten Salat mit Schafskäse gemacht. Dazu gibt es einfach Weißbrot« »Du bist wirklich ein Schatz.« Katrin küsste ihren Mann leidenschaftlich. »In zehn Minuten kommen die beiden ja schon.«

»Hast du die Aufgabe gelöst?«, fragte Jörn, als sie um den Spieltisch saßen. Hier war die Sitzverteilung wie am Mittwoch. Katrin saß Andreas gegenüber, entsprechend saßen sich Maria und Jörn gegenüber. »Ich habe im Rahmen meiner Ermittlungen die Aufgabe gelöst«, sagte Katrin stolz. Anschließend wiederholte sie die Lösung so, wie sie sie von Christian erhalten hatte. »Wir schauen uns die Lösung gleich noch einmal an«, versprach Jörn. »Du bist wieder dran. Das ist deine neue Hand

Tisch

              Pik: A D 4 3
    Coeur: 10 3   Karo: K D 7 5
            Treff: A 9 4

und in der Hand hältst du

              Pik: K B 10 8 6
    Coeur: 7 5   Karo: A B 4
            Treff: K 3 2

Ausgespielt wird vom Maria die Coeur 4. Wie immer keine Trumpffarbe und weil du 27 Punkte hast, musst du neun Stiche machen.«

Katrin bediente den ersten Stich mit der 3 und der 5, während Jörn den Stich mit der Coeurdame gewann. Jörn spielte den Coeurkönig hinterher. Katrin bediente mit der 7 und der 10, während Maria die Coeur 2 beisteuerte. Jetzt spielte Jörn die Coeur 8 zurück. »Was soll ich denn abwerfen?«, fragte Katrin. »Irgendwas«, meinte Jörn. »Es kommt nicht darauf an.« So trennte sich Katrin von der Treff 3 und der Treff 4. Maria gewann den Stich mit dem Coeurbuben. Sie spielte danach noch das Coeurass, auf das Jörn die Coeur 6 beisteuerte. Anschließend spielte Maria noch Coeur 9.

»Ich habe schon fünf Stiche abgegeben. Da kann ich ja gar nicht mehr gewinnen. Was habe ich denn falsch gemacht?«, war Katrin etwas ratlos. »Gar nichts«, lachte Jörn. »Dagegen konntest du nichts machen. Im Bridge gibt es aber, wie in den meisten anderen Kartenspielen auch, die Möglichkeit, eine Farbe zur Trumpffarbe zu bestimmen. In diesem Fall bietet sich Pik als Trumpffarbe an. Trümpfe sind wie bei allen anderen Spielen auch die höchsten Karten im Spiel. Natürlich müsst ihr weiter bedienen. Im obigen Beispiel könntest du die dritte Coeurrunde mit einer Pikkarte stechen. Du würdest insgesamt fünf Pikstiche, 4 Karostiche und Treffass und König bekommen, also elf Stiche machen.« »Das sind ja drei mehr als ich ohne Trumpf gemacht hätte.« »Richtig Katrin«, bejahte Jörn.

»Jetzt ist aber erst einmal Essenszeit«, beschloss Andreas und reichte den Salat. »Geht ihr denn übernächstes Wochenende auf das Sparrenburgfest?«, fragte Maria. »Ich denke schon«, antwortete Katrin. »Die Kinder sind ja schon etwas größer und haben daher auch schon etwas davon. Hilfreich wäre es, dann nicht wie dieses Wochenende Dienst zu haben.« »Aber nicht zwei Wochenenden in Folge, hoffe ich«, schaltete sich Andreas ein. »Du hast recht, das ist selten. Ich denke daher, übernächsten Samstag mit auf der Sparrenburg zu sein«, meinte Katrin. »Diesen Samstag habe ich mit Mandy Bereitschaft. Am besten, ich werde mit ihr im Präsidium sein.«

»Jetzt machen wir aber noch ein wenig weiter«, schlug Jörn vor und fuhr mit Bridge fort. »Wir wählen als Trumpffarbe natürlich eine Farbe, von der wir möglichst viele Karten haben. Man spricht von einem Fit, wenn wir in den gemeinsamen Händen acht und mehr Karten haben. Mit einer Trumpffarbe haben wir zusätzliche Möglichkeiten, Stiche zu erzielen. Eine der wichtigsten ist das Schnappen. Ich zeige euch das mit wenigen Karten, Pik ist Trumpf.

Tisch

         Pik: A 10 2
         Karo: 4 3

Hand

         Pik: K D B 5 3
         Karo: A K 2

Die anderen Karten sind ohne Belang. In einem Spiel ohne Trumpf würde man hier fünf Pikstiche und in Karoass und König bekommen. Ist aber Pik Trumpf, kann man einen Stich mehr machen. Karoass, Karokönig (auf die ihr die 3 und die 4 zugebt) und danach Karo 2, die ihr mit einem Pik schnappt. Dann habt ihr aus der Kombination acht Stiche geholt. Beachtet hier, dass es nur Extrastiche gibt, wenn ihr mit der kurzen Seite oder zumindest gleichlangen Seite schnappt. Hat die Seite, mit der ihr trumpft, mehr Trümpfe, macht ihr durch das Trumpfen keinen zusätzlichen Stich.

Ihr seht, Trümpfe sind praktisch. Ihr könnt mit einer Trumpffarbe im Normalfall mehr Stiche machen als ohne. Daher gibt es bei der Blattbewertung Extrapunkte:

Wenn ihr zusammen neun Trümpfe habt	+ 2 Punkte
wenn ihr zusammen zehn Trümpfe habt	+ 3 Punkte
wenn ihr zusammen elf Trümpfe habt	+ 4 Punkte
wenn ihr in einer Hand in einer anderen Farbe nur zwei Karten habt (Double)	+ 1 Punkt
wenn ihr in einer Hand in einer anderen Farbe nur eine Karte habt (Single)	+ 2 Punkte
wenn ihr in einer Hand in einer anderen Farbe gar keine Karte habt (Chicane)	+ 3 Punkte

Dazu addiert ihr wie gehabt eure Punkte für Asse (4), Könige (3), Damen (2) und Buben (1) und teilt die so erzielte Gesamtzahl durch 3. Dann wisst ihr in etwa, wie viele Stiche ihr versprechen wollt. Natürlich ist das etwas ungenau, aber für den Anfang ist das ausreichend.

Ein kurzes Beispiel: Du hältst am Tisch

Pik: 3

Coeur: A 10 5 3   Karo: K D 4 3

Treff: A 6 4 2

und in der Hand:

Pik: A 8 2

Couer: K D 8 4 2   Karo: A 2

Treff: D B 10

Du entscheidest dich dafür, Coeur zur Trumpffarbe zu machen.

Dann hast du 29 Figurenpunkte, dazu 9 Trümpfe (2 Extrapunkte) sowie ein Single in Pik und ein Double in Karo (nochmal drei Punkte). Also hast Du zusammen 34 Punkte und sollst so zwölf Stiche in Coeur machen. Der Gegner spielt Karobuben aus. Mach dir erst einmal einen Spielplan.«

Katrin schaute sich die Karten eine Zeit an, dann begann sie: »Ich habe in Pik einen Stich, das Ass. In Coeur habe ich fünf Stiche. In Karo habe ich Ass, König, Dame also drei Stiche. In Treff habe ich erst einmal das Ass.«

»Soweit ist alles richtig«, lobte Jörn. Katrin machte weiter: »Ich brauche also noch zwei Stiche.« »Mindestens zwei«, verbesserte Jörn. »Auch das«, ließ sich Katrin nicht aus der Ruhe bringen. »Am Tisch liegt nur eine Pikkarte. Wenn ich jetzt Pikass spiele und danach Pik 8, kann ich die 8 mit einem kleinen Coeur schnappen. Und die Pik 2 kann ich ja auch schnappen. Ich denke, ich spiele wie folgt:

Stich 1: Karokönig am Tisch, Karo 2 in der Hand
Stich 2: Pikass in der Hand, Pik 3 am Tisch
Stich 3: Pik 8 in der Hand, Coeur 3 am Tisch
Stich 4: Karo 3 am Tisch, Karoass in der Hand
Stich 5: Pik 2 in der Hand, Coeur 5 am Tisch

»Spätestens jetzt solltest du Trümpfe ziehen, also dafür sorgen, dass dein Gegner keine Trümpfe mehr hat«, schaltete sich Jörn jetzt ein. »Ich mach das mal für dich.

Stich 6: Coeurass am Tisch, Coeur 2 in der Hand (beide Gegner bedienen mit Coeur)
Stich 7: Coeur 10 am Tisch, Coeurkönig in der Hand (nur einer der Gegner bedient noch ein Coeur)
Stich 8: Coeurdame in der Hand, Karo drei am Tisch.

Wichtig ist immer das Mitzählen der gegnerischen Trümpfe. Bei neun Trümpfen fehlen vier Trümpfe, die sind jetzt aber weg.

Jetzt sind noch folgende Karten zu sehen

Tisch

Karo: D
Treff: A 6 4 2

und in der Hand hast du

Coeur: 8 4
Treff: D B 10

Bislang hast du alle Stiche gemacht.« »Und die beiden Coeurs, Karodame und Treff As mache ich auch noch«, stellte Katrin fest. »Jetzt kannst du Treffdame spielen. Wird von Maria der König zugegeben, nimmst du das Ass und machst nachher den Treffbuben, ansonsten gibst du ein kleines Treff zu und machst die

Treff Dame, wenn ich nicht den König habe. Je nachdem, wo der König sitzt, machst du alle Stiche oder gibst noch einen Stich ab.« »Jetzt will ich aber etwas anderes spielen«, hatte Andreas erst einmal genug Bridge gespielt. »Zug um Zug«, schlug Maria vor. »Das Spiel ist ganz toll und wir nehmen die Europakarte.« Katrin stand von ihrem Stuhl auf und holte das Spiel.

Am Ende des Spieleabends gab Jörn Katrin drei Zettel. »Unterlagen«, sagte er. »Wenn du Zeit und Lust hast, kannst du sie dir ja mal anschauen.« »Bist ein Schatz«, bedankte sich Katrin. »Aber das nächste Mal probieren wir ein neues Spiel aus. Wie hieß das noch einmal?« »Dominion.«

Christian

Christian legte sich erschöpft auf sein Sofa. Er atmete tief durch. Dann ging er zum Kühlschrank und holte sich ein kaltes Radler. »Jetzt geht es mir besser«, sagte er zu sich, nachdem er das Radler in zwei Zügen geleert hatte. Er öffnete sein Smartphone. Sandra hatte ihm die Aufzeichnungen von der Trauerfeier geschickt. Jetzt galt es, daraus die richtigen Schlüsse zu ziehen. Er entschied sich, erst einmal Sandra anzurufen.

»Hallo Christian, schön dich zu hören«, freute sich Sandra. »Wie fandest du die Feier?«, fragte Christian. »Ganz nett, dem Anlass angemessen«, antwortete Sandra. »Alle waren, wie es sich für eine Trauerfeier gehört, gekleidet, die Stimmung dem Anlass entsprechend etwas gedrückt und deine Rede einfach großartig. Das haben alle gesagt«. »Danke für die Blumen«, Christian freute sich über das Lob. »Aber können wir die Datei noch einmal in aller Ruhe durchgehen?« »Ich bin wirklich kaputt heute«, antwortete Sandra. »Ich schau mir gleich noch einen alten Tatort an und gehe dann schlafen. Ich muss ja morgen wieder früh raus.« »Bist du denn morgen Abend fitter?«, fragte Christian. »Dann würde ich dich morgen gerne zum Essen einladen. Diesmal koche ich dann.«

»Gute Idee, ich bin dann morgen gegen sieben Uhr bei dir.«

»Schade, aber morgen ist auch ein Tag«, dachte sich Christian und wählte als nächstes die Nummer der Lokalredaktion der Neuen Westfälischen. »Ich bin Christian von Otten, Vorsitzender des Bridge & Tennis Clubs Bielefeld«, stellte er sich vor. »Sie wissen schon, der, bei dessen Privatbridge der Student ermordet wurde.« »Ich verbinde Sie«, sagte der Mitarbeiter und erst jetzt war Christian mit der zuständigen Redakteurin Almut Dronwitz verbunden. Christian stellte sich noch einmal vor. »Ich könnte Ihnen Bilder von der Trauerfeier zukommen lassen«, schlug Christian vor. »Wie viele Personen waren denn bei der Trauerfeier?«, zeigte sich die Redakteurin interessiert. »So etwa zwanzig Personen«, antwortete Christian. »Ein Bild können wir leider nicht veröffentlichen, es sei denn, sie haben von allen Trauernden die Zustimmung zur Veröffentlichung«, hörte Christian. »Brauchen sie die denn wirklich?«, war er etwas überrascht. »Sie wissen ja, Datenschutz. Das ist in der letzten Zeit nicht einfacher geworden«, musste sich Christian anhören. »Ich kann mich nicht daran erinnern, solche Probleme früher schon gehabt zu haben«, seufzte Christian. »Wollen Sie denn meine Rede haben?«, fragte er hoffnungsvoll, um gleich enttäuscht zu werden: »So groß wird der Beitrag vermutlich nicht werden. Wir würden uns aber gerne melden, wenn wir weitere Fragen haben.« Nach diesem enttäuschenden Erlebnis verzichtete Christian darauf, auch beim Westfalenblatt anzurufen.

Christian betrachtete jetzt alleine das Video, das Sandra gemacht hatte. Morgen Abend könnte er ja das Video noch einmal mit Sandra anschauen. Aber jetzt hatte er noch die frischen persönlichen Eindrücke, die er mit dem Video abgleichen konnte.

Ihm fiel als erstes noch einmal das Fehlen von Reinhardt auf. Christian nahm sich vor, ihn gleich anzurufen. Er freute sich, dass neben Reinhardt nur fünf weitere Mitglieder des Bridgeclubs nicht an der Trauerfeier teilgenommen hatten. Fünf Mitglieder, die aber eher auf dem Papier Mitglieder waren. Gertrud hatte, so wie er es erkennen konnte, als Einzige darauf verzichtet, in Trauerkleidung zu erscheinen. Sie hatte ihren beigen Rock mitsamt ihrer grauen Bluse an. Christian kannte sie gar nicht anders.

Dann stach ihm Jaqueline hervor, top modisch gekleidet und richtig emotional. Sie ließ ihren Tränen freien Lauf. Insgeheim hatte Christian gehofft, Sandra wäre diejenige gewesen, die am besten gekleidet wäre. Aber er musste zugeben, die Frau von Hans hatte mit ihrer Trauerkleidung Sandra komplett ausgestochen. Er ermahnte sich selbst, das Video neutraler zu sehen.

Das genaue emotionale Gegenteil von Jaqueline war Otto. Keine Gemütsregung war zu erkennen. Wenn Otto um Leon getrauert hatte, dann hatte er das wirklich gut an diesem Nachmittag verheimlicht.

Christian atmete tief durch. Er musste jetzt Reinhardt anrufen. Seine Abwesenheit hatte ihn nicht weniger verdächtig gemacht.

Reinhardt

»Schön, dass du anrufst, Christian«, begrüßte Reinhardt Christian am Telefon. »Vielleicht hätte ich dich selbst angerufen. Wie war denn die Feier?« »Die Feier war, soweit das bei diesem Anlass möglich ist, sehr schön«, antwortete Christian. »Sie wäre natürlich noch schöner gewesen, wenn du auch da gewesen wärest.« »Ich verstehe, dass du mich dabei haben wolltest«, verstand Reinhardt den Wink. »Ich wäre auch sehr gerne gekommen. Aber ich konnte nicht.« Christian wartete auf weitere Ausführungen von Reinhardt. Ihm fielen nur wenige Gründe ein, die einen Unschuldigen daran gehindert hätten, an dieser Trauerfeier teilzunehmen.

»Die Polizei war wieder bei mir«, fuhr Reinhardt mitten in Christians Überlegungen fort. »Sie hatten sich vor allem für mein Computersystem interessiert. Stell dir vor, auf meinem Computer war ein Virus oder irgendetwas dergleichen. Zumindest konnte Leon auf den Computer zugreifen und dort auch sensible Daten abrufen.« »Seit wann wusstest du davon?«, unterbrach Christian Reinhardts Redeschwall nur kurz. »Ich habe mich nur gewundert, weshalb Leon die ein oder andere Patienteninformation hatte, aber ich wusste es erst seit gestern. Die Polizei war wirklich lange bei mir.«

»Kommt denn jetzt Leon noch auf deinen Rechner?«, fragte Christian, aber schon als er die Frage stellte, wusste er, dass er nicht die intelligenteste Frage gestellt hatte. »Leon kommt ganz sicher nicht mehr drauf«, kam von Reinhardt auch gleich die entsprechende Antwort. »Aber um den Sinn der Frage zu beantworten. Auch niemand anderes kann jetzt auf meinen Rechner zugreifen. Die Polizei hatte mir gesagt, dass neben Leon niemand auf meinen Rechner hätte zugreifen können. Aber das reicht schon. Wer macht denn so was? Ich kann es immer noch nicht fassen. Das hatte ich von niemanden im Bridgeclub erwartet, auch nicht von Leon.«

»Ich bin auch überrascht, was ich alles von Leon herausgefunden habe«, plauderte Christian etwas unvorsichtig. »Was hat er denn sonst noch gesagt?«, war Reinhardt auch gleich neugierig. »Da bin ich wie die Polizei«, lachte Christian. »Ich kann aus ermittlungstechnischen Gründen dazu noch nichts sagen. Aber wie du sicher ahnst, es ist nicht nichts. Aber wie lange war denn die Polizei bei dir, dass du nicht zu der Feier kommen konntest?« »Bis etwa sechs Uhr. Der Techniker von der Polizei war echt gut gewesen. Auf meinem Rechner war neben dem Zeug von Leon noch ein weiterer Virus. Den hat er gleich mit entfernt und mir ein Antivirenprogramm aufgespielt«, beschrieb Reinhardt seinen Abend. »Danach hatte ich wirklich keine Lust mehr.« »Kann ich ja verstehen«, stimmte Christian zu. »Danach hätte ich vermutlich auch keine Lust mehr gehabt.«

Christian wusste nicht, wie er das Telefonat einsortieren sollte. Für die Trauerfeier war Reinhardt entschuldigt und wenn er für die Tat verantwortlich war, würde ihn die Polizei überführen. Aber wenn er tatsächlich erst jetzt von den Manipulationen erfahren hätte, wäre das Motiv nicht ausreichend für einen Mord.

Warum nur war es so schwierig, Vorsitzender des Bridgeclubs zu sein?

Freitag

Katrin

»Das war gestern ein schöner Abend«, meinte Katrin am Frühstückstisch zu Andreas. »Und es ist doch schön, auch einmal ganz für uns alleine zu sein. Das war eine tolle Idee von dir, die Kinder bei deiner Mutter zu lassen. So kommen wir auch einmal zu einem Frühstück nur wir beide.« »Sie dürften jetzt auch beim Frühstück sein«, meinte Andreas, als er Katrin Orangensaft nachschenkte. »Musst du denn heute viel arbeiten oder kommst du trotz des toten Bridgespielers früher nach Hause?« »Ich weiß es nicht«, seufzte Katrin. »Ich habe keine Ahnung, was da heute noch kommt. Aber ich habe nicht vor, zu spät zu Hause zu sein. Es reicht aus, dass ich morgen Bereitschaft habe und daher im Präsidium bin.« »Sehe ich ähnlich«, stimmte ihr Mann zu. »Aber dann haben wir ja hoffentlich den Sonntag zusammen.«

»Jetzt muss ich aber doch mal los«, lachte Katrin. »Wenn die Kinder da sind, komme ich fast früher weg. Fast hätte ich es vergessen.« Katrin nahm die Unterlagen von Jörn und verstaute sie in ihrer Handtasche. »Wenn ich heute Zeit finde«, sagte sie zu Andreas. »Ich dachte, du hättest den Abschiedskuss vergessen«, neckte Andreas sie. »So was kann man nicht vergessen«, säuselte Katrin und zog Andreas dicht an sich heran. »Einen extra großen sogar für dich.«

Katrin quälte sich durch den Berufsverkehr, bis sie endlich im Präsidium ankam. »Guten Morgen zusammen«, warf sie in die Runde. Ein allgemeines Gute Morgen-Gemurmel kam zurück, dann ging Volker gleich zum Dienstlichen über. »Du und Mandy, ihr müsst die Gräfin verhören.« »Können wir machen, aber

134

warum das?«, fragte Katrin. »Wolltest du das nicht selbst machen?« »Ich wollte mir vor allem diesen Vorsitzenden vornehmen. Vorerst vernehmen wir ihn nur als Zeugen. Das Gift dürfte er nicht verabreicht haben. Aber die beiden kommen relativ zeitgleich an. Zeitgleich kann ich sie aber nun mal nicht verhören«, erklärte Volker. »Und wann kommt die Gräfin?«, fragte Katrin. »In einer halben Stunde«, sagte Mandy. »Wir waren schon kurz davor, dich anzurufen, weil es sonst gar nicht deine Art ist, erst kurz vor neun zu kommen.« »Aber jetzt bin ich ja da«, stellte Katrin fest.

Ursula

Anwesend: Polizeikommissarin Katrin Kulina, Polizeikommissarin Mandy Keschner, Frau Ursula Gräfin zu Hasten, verhört als Verdächtige in dem Mordfall Leon Rincke, sowie Rechtsanwältin Frau Antje Klassen als Rechtsbeistand für Frau Gräfin zu Hasten.

K.K.: Schön, dass Sie es so kurzfristig einrichten konnten, Frau Gräfin zu Hasten.

U.G.z.H: Ich habe ja von Ihnen noch einmal eine Vorladung bekommen. Ich glaube nicht, dass ich hier eine Wahl hatte. Meine Tochter hat mich netterweise zu Ihnen gefahren.

K.K.: Da haben Sie natürlich recht, aber wir wissen eine solche Kooperation trotzdem zu schätzen. Es kommt leider immer wieder vor, dass einer solchen Vorladung nicht Folge geleistet wird.

U.G.z.H: Aber das muss ich doch als Staatsbürgerin.

K.K: Eigentlich schon. Aber nicht alle sind hier so vorbildlich wie Sie. Wir vernehmen Sie hier als Verdächtige im Fall Leon Rincke. Sie haben das Recht zu schweigen sowie das Recht, sich mit ihrer Anwältin vor Ihrer Aussage zu beraten. Ich weise Sie explizit darauf hin, dass Sie nicht verpflichtet sind, sich selbst zu belasten.

A.K.: Ich möchte erwähnen, dass meine Mandantin dieser Anweisung auch gar nicht hätte Folge leisten müssen. Wir hoffen, hiermit zur Aufklärung beitragen zu können

U.G.z.H: Von mir aus hätte Frau Klassen nicht mit dabei sein müssen. Aber meine Tochter hat auf den Rechtsbeistand bestanden.

M.K.: Fangen wir einfach an. Was hatte es denn mit dieser Kunstführung auf sich? So eine Führung ist praktisch. Jeder verlässt seinen Platz, alles verteilt sich und schwupps, hat einer Ihrer Gäste Herrn Rincke vergiftet.

U.G.z.H: Dafür kann ich jetzt aber nicht verantwortlich gemacht werden. Es ist alles so schrecklich. Darf man denn keine privaten Führungen mehr veranstalten?

K.K: Natürlich darf man das. Wobei es uns lieber wäre, wenn diese Führungen nicht von einem Mord begleitet würden. Aber das verstehen sie sicher auch.

M.K.: Aber vielleicht war es Ihnen auch ganz recht, dass Leon Rincke sterben musste. So haben Sie das Problem der abenteuerlichen Geldanlage nicht mehr.

U.G.z.H: Das ist ungeheuerlich. Darum wollte sich Anke kümmern. Sie sehen, ich hatte keinen Grund, Leon umzubringen.

A.K: Ich finde auch, Sie befinden sich hier im Reich der Spekulationen und nicht der Fakten. Das halten wir nicht für zielführend.

M.K: Trotzdem hat es Sie natürlich in ihrer Ehre gekränkt. Ich denke, es wird nicht leicht für Sie gewesen sein, zu akzeptieren, dass Sie so einem zwiespältigen Anleger aufgesessen sind und Sie jetzt Ihre Tochter bitten mussten, das zu reparieren. Das musste bestraft werden.

U.G.z.H: Nein, nein. Ich habe ein gutes Verhältnis zu meiner Tochter. Was wollen Sie eigentlich von mir?

K.K: Kleine Zwischenfrage: War Ihre Tochter an besagtem Samstag bei Ihnen?

U.G.z.H: Nein, war sie nicht. Soweit ich weiß, war sie in einem Puppentheater. Warum, ist sie jetzt etwa auch verdächtig?

K.K: Das haben wir nie behauptet. Unsere Aufgabe ist es nach wie vor, die Umstände des Todes von Leon Rincke aufzuklären.

M.K: Haben Sie denn mit den anderen Teilnehmern des Spieles am Samstag über Leon Rincke gesprochen? Das wird doch sicher passiert sein, dass man über seine Mitspieler redet.

U.G.z.H: Natürlich war Leon Gesprächsthema. Schließlich haben wir nicht so viele junge Männer in unserer Runde. Wir haben uns immer gefragt, wann er mit seinem Studium fertig ist. Die Jugend von heute kann doch nicht mehr so lange studieren.

K.K: Lassen Sie uns beim Thema bleiben. Hatten Sie mit anderen Teilnehmern des Turniers über Verfehlungen von Herrn Rincke gesprochen? Hier zum Beispiel darüber, dass er Sie bei Finanzfragen übervorteilte.

U.G.z.H: Nein, wo denken Sie hin?

M.K: Das will ich Ihnen gerne erklären. Sie haben den ganzen Zirkus mit der Kunstvorstellung nur gemacht, um dem Mörder, das müssen Sie nicht selbst gewesen sein, die Möglichkeit zu geben, den Kuchen von Leon Rincke zu vergiften. Was die andere Person dazu bewogen hat, die Tat zu begehen, können wir Ihnen aus ermittlungstaktischen Gründen natürlich nicht sagen. Aber zumindest Sie hat er gedemütigt.

U.G.z.H: Nein, auf was für Ideen kommen Sie denn?

A.K: Sie versuchen irgendwie ein Motiv zu Lasten meiner Mandantin zu konstruieren. Ich würde es daher begrüßen, wenn Sie stattdessen handfeste Beweise auf den Tisch legen würden.

K.K: So abwegig ist die Idee jetzt nicht, wie Sie das vielleicht glauben. Aber ich darf Sie beruhigen: Wenn es so ist, wie von meiner Kollegin beschrieben, hätten Sie angesichts ihres hohen Alters und der Tatsache, dass Sie bisher keinerlei Vorstrafen haben, vergleichsweise gute Chancen, mit einer Bewährungsstrafe davonzukommen. Aber dann müssen Sie natürlich mit uns kooperieren. Das würde sich erheblich und positiv auf das Strafmaß auswirken.

Ein Schweigen geht durch die Runde.

M.K: Kann ich Ihr Schweigen so verstehen, dass Sie von Ihrem Recht, die Aussage zu verweigern, Gebrauch machen wollen? Vielleicht, weil Ihr Anteil an dem Tod von Leon Rincke etwas größer ist als Sie uns weismachen wollen.

U.G.z.H: Ich habe Ihrer Kollegin nicht geantwortet, weil es unter meiner Würde ist, auf solche Anfeindungen einzugehen. Ich werde mich dafür einsetzen, dass auch die Polizei den Wert von Kunst richtig einzuschätzen weiß. Ihr Vorwurf geht eindeutig zu weit, ebenso die Nachforschung, ob ich mir Vorstrafen habe zuschulden kommen lassen.

A.K: Ich hätte meiner Mandantin auch geraten, hier zu schweigen. Ihre Ermittlungsmethoden, aber ich wiederhole mich.

K.K: Nachforschungen zu unseren potentiellen Verdächtigen, das müssen Sie entschuldigen, sind reine Routine. Meine Kollegin hat Sie damit nicht mit einer Beschuldigung konfrontiert, sondern einen möglichen Tathergang beschrieben. Das ist ein feiner Unterschied. Natürlich haben Sie jederzeit die Möglichkeit, sich über das Verhör im allgemeinen oder über mich oder meine Kollegin im besonderen zu beschweren. Nutzen Sie hierzu einfach die Adresse, die sie auf der Visitenkarte finden.

U.G.z.H: Wer kommt denn auf solche Ideen? Wenn Ihre Kollegin etwas weniger Phantasie hätte, wäre das Ihrer Karriere sicherlich förderlich.

K.K: Manchmal braucht es ungewöhnliche Mittel, um der Wahrheit näher zu kommen.

U.G.z.H: Aber ich kann Ihnen wirklich nicht helfen.

M.K: Eine Frage habe ich noch. Mussten Sie Herrn Rincke lange überreden, um zu dem Bridgenachmittag zu kommen?

U.G.z.H: Aber nein, keineswegs. Ich musste nur bei Herrn Miller zweimal nachfragen. Alle anderen, wie vor allem Herr Rincke haben sich mehr oder minder selber eingeladen.

K.K: Wir danken Ihnen für das Gespräch. Aber wenn Ihnen noch etwas einfällt, zögern Sie nicht, es uns mitzuteilen. Sie können jetzt gehen.

»Damit können wir leider eher weniger anfangen«, war Katrin von dem Verhör etwas frustriert. »Vielleicht tut sich dafür eine andere Türe auf«, philosophierte Mandy. »Lass uns einen Kaffee trinken. Vielleicht bekommt ja die Männerrunde mit dem Vorsitzenden etwas mehr heraus.«

Christian

Anwesend: Polizeioberkommissar Volker Telge, Polizeioberkommissar Klaus Trigut sowie Christian von Otten, verhört als Zeuge in dem Mordfall Leon Rincke.

V.T: Guten Morgen, Herr von Otten. Können wir Ihnen einen Kaffee anbieten?

C.v.O: Nein, danke. Sehr freundlich von Ihnen, aber ich hatte zu Hause bereits einen Kaffee.

V.T.: Herr von Otten, wir vernehmen Sie hier als involvierten Zeugen. Sie haben daher die Pflicht zur wahrheitsgemäßen Aussage. Selbst belasten müssen Sie sich aber nicht.

C.v.O: Involviert? Nachdem ich Ihre Kollegin kennenlernen durfte, hatte ich ja gehofft, die Polizei hätte in den letzten Jahren etwas dazugelernt. Aber das scheint nicht so zu sein.

V.T.: Vielleicht unterschätzen Sie die Polizeiarbeit einfach. Wir sind dabei, den Samstag zu rekonstruieren.

C.v.O: Mit welchem Erfolg?

V.T: Zum Beispiel, dass Sie jetzt hier sitzen. Wir fragen uns die ganze Zeit, welche Rolle Sie in diesem Fall spielen. Bislang haben Sie alles gemacht, um uns die Arbeit zu erschweren. Sie haben, weshalb auch immer, anstelle darauf zu bestehen, dass die Polizei unverzüglich zum Tatort kommt, erst einmal von jedem eine kurze Einschätzung der Lage verfassen lassen. Diese bekamen wir auch nicht unaufgefordert.

K.T: Hier interessiert uns natürlich das Warum. Warum haben Sie dem Mörder die Chance gegeben, seine Gedanken zu sammeln? Und uns die Möglichkeit genommen, einen Überraschungsangriff zu starten?

C.v.O: Das ist jetzt nicht Ihr Ernst. Ich versuche, den Fall aufzuklären und Sie werfen mir vor, jemanden zu decken.

V.T: Sie sehen, wir haben uns weiterentwickelt und denken auch unwahrscheinliche Szenarien.

K.T: Danach haben Sie uns weitere Informationen vorenthalten wie die Bankauszüge.

C.v.O: Wenn ich gewusst hätte, dass die Polizei keine eigenen Möglichkeiten hat, um an die Kontoauszüge zu kommen, hätte ich Ihnen diese natürlich schon früher zukommen lassen.

V.T: Sie können sich Ihren Zynismus ruhig sparen. Fakt ist, dass Sie vergleichsweise wenig zur Aufklärung beigetragen haben. Bislang denke ich, können wir Ihnen vor allem Behinderung von Polizeiarbeit nachweisen. Aber um die Frage von vorher zu konkretisieren: Wen decken Sie?

C.v.O: Warum lassen Sie mich nicht einfach mit Ihrer Kollegin sprechen? Da habe ich zumindest den Eindruck, dass mir jemand gegenüber sitzt, die in der Lage wäre, den Mord aufzuklären.

V.T: Natürlich suchen sich die Beteiligten nicht die Polizisten aus, die sie verhören. Das beruht übrigens auf Gegenseitigkeit. Ich kann mir meine Zeugen auch nicht aussuchen. Aber nichts gegen Sie persönlich. Es schadet nicht, wenn Sie auch von Beamten verhört werden, die Sie weniger sympathisch finden. Aber ich darf Sie beruhigen. Die Kollegin wird von unserem Verhör durchaus umfassend informiert.

C.v.O: Ich verspreche Ihnen, ich werde alles tun, um den

Mörder von Leon zu finden.

V.T: Wir haben die Tat rekonstruiert, insbesondere natürlich Ihren Auftritt. Theoretisch erscheint es uns möglich, dass Sie nicht erst in der Villa der Gräfin waren, als Leon bereits tot war. Sie können bei einem gemeinschaftlich begangenen Mord durchaus zumindest unterstützend gewirkt haben.

K.T: Das Motiv werden wir Ihnen natürlich nachreichen. Wenn Sie in die Tat involviert waren, werden Sie auch ein Motiv gehabt haben.

C.v.O: Eine interessante Theorie. Ich muss gestehen, soviel Ideenreichtum hätte ich Ihnen nicht zugetraut. Aber ich muss Sie enttäuschen. Ich habe weder ein Motiv, was auch nur ansatzweise für einen Mord reicht, noch war ich irgendwie an dem Verbrechen beteiligt.

K.T: Wir werden die Bewegungsdaten Ihres Handys nachverfolgen und Ihnen dann sicher nachweisen, dass Sie schon vorher am Tatort waren.

C.v.O: Jetzt enttäuschen Sie mich aber. Sie sollten mir schon zutrauen, zu wissen, dass Handydaten auch nachträglich geortet werden können. Ich wäre im hypothetischen Fall sicher ohne mein Smartphone zum Tatort gefahren.

V.T: Warum werde ich das Gefühl nicht los, dass hier ihr ganzer Bridgeclub zusammenhält und niemand Anstalten macht, mit uns konstruktiv zusammenzuarbeiten?

C.v.O: Ich wiederhole mich gerne. Ich werde alles tun, um Ihnen den Mörder von Leon zu präsentieren. Ich halte nicht mit einem Mörder zusammen. Genauer am liebsten natürlich Ihrer Kollegin. Die ist nämlich nett, was man leider nicht von jedem Polizisten sagen kann.

V.T: Jetzt hören Sie mal gut zu, Herr von Otten. Es geht hier nicht um Ihr Harmoniebedürfnis oder um Ihren Selbstdarstellungsdrang. Es geht hier darum, einen Mörder zu finden. Da ist kein Platz für irgendwelche Sentimentalitäten. Also was wissen Sie?

C.v.O: Leider nicht mehr als Sie. Ich wünschte auch, meine Ermittlungen wären erfolgreicher

V.T: Lassen Sie uns in jedem Fall wissen, wenn Sie etwas Neues wissen. Wir haben ja die gleichen Interessen. Vergessen Sie aber nicht, Ermittlungen sind alleine unsere Aufgabe.

C.v.O: Ich werde Sie informieren, wenn ich brauchbare Informationen habe. Wenn Sie aber sonst nichts haben, würde ich jetzt gerne gehen.

V.T: Sie können auch gehen. Wir danken Ihnen trotzdem für das Gespräch.

Jörn

Katrin hatte ihre Frühstückspause. Das war sehr nett von Jörn gewesen, dass er ihr sogar Unterlagen ausgearbeitet hatte. Sie öffnete den Umschlag mit den Blättern.

Zu Anfang gab es gleich eine Aufgabe für sie. Darüber freute sich Katrin, sie würde sich in der Mittagspause Gedanken machen.

Am Tisch hatte sie

Pik: K D 10 4

Coeur: A 8 5 4 3   Karo: 7

Treff: B 7 4

und in der Hand hatte sie folgende Karten

Pik: A B 9 2

Coeur: 10   Karo: A 10 8 6 5

Treff: 10 8 2

Dein Gegner greift Karokönig an. Deine Aufgabe ist es, mit

Pik als Trumpf zehn Stiche zu erzielen.

Katrin machte sich sofort ans Werk, um eine Bestandsaufnahme zu machen.

Sie hatte vier Pikstiche und die beiden Asse in Karo und Coeur. Sie brauchte also noch vier Stiche.

Katrin ging zum Kaffeeautomaten und zog sich einen Kaffee. Heute Abend würde sie mit den Kindern spielen. Das hatte sie Marius versprochen. Dann würde Lisa ebenfalls mit von der Partie sein.

Christian

Christian verließ das Polizeipräsidium. Er konnte noch gar nicht glauben, dass er tatsächlich verhört worden war. Wie kam die Polizei dazu, ihn als Mittäter verdächtig zu halten. Dabei hatte er ja wirklich mit der Polizei zusammengearbeitet. Sicher, das hätte auch ein wenig intensiver stattfinden können, aber offenbar tappte die Polizei auch noch im Dunkeln. Genau wie er selbst, wie er sich zähneknirschend eingestehen musste.

Er beschloss, von der Polizeidirektion direkt zum Wochenmarkt zu laufen. So lang war die Strecke zum Siegfriedsmarkt nicht und heute war Markt dort.

Christian entschied sich für eine Wildente. Christian hatte nachgefragt, die Wildente kam direkt aus der Region und der Verkäufer hatte ihn zu seinem Kauf beglückwünscht. An einem Gemüsestand erwarb Christian noch einen Kopfsalat und Kartoffeln aus eigener Ernte.

Mit seinen Einkäufen ging Christian zufrieden zurück zu seinem Auto, was immer noch an der Polizeiwache stand. Gestern schon hatte er den Rotkohl gekauft und ihn auch bereits vorbereitet. Er war sich sicher, das würde ein gelungenes Abendessen werden. Was noch fehlte, war ein dazu passender Rotwein. Aber darum würde er sich kümmern, wenn er von den Eltern von

Leon zurück war.

Viola

»Spreche ich mit Viola Rincke?« beantwortete Christian die
Frage, wer er denn sei und warum er vor der Türe des Einfamilien-
hauses stand, erst einmal mit einer Gegenfrage. »Ja, natürlich, aber
sie haben mir immer noch nicht erzählt, wer Sie sind und was Sie
wollen«, antwortete Viola. »Entschuldigen Sie, dass ich mich noch
nicht vorgestellt habe«, sagte Christian. »Mein Name ist Christian
von Otten. Ich leite den Bridgeclub, bei dessen Spiel Ihrem Sohn
dieses Leid zugefügt worden ist. Hierfür zunächst auch von meiner
Seite mein aufrichtigstes Beileid.« Das »Danke« von Viola war
kaum zu hören, als auch ihr Mann an der Haustüre erschien.
»Kommen Sie doch herein«, bat er Christian in das Haus.

Sie waren jetzt in der Wohnküche, Christian fühlte sich nicht
wirklich wohl in seiner Haut. »Wir haben gestern im Bridgeclub
etwas vorbereitet«, begann er zögerlich. »Diese Karte würde ich
Ihnen gerne überreichen. Wenn wir noch etwas für Sie tun können, lassen sie es mich wissen. Obwohl ich natürlich weiß, dass
Sie nichts über den Tod Ihres Sohnes hinwegtrösten kann«. »Vielen Dank dafür. Uns bleibt ja nur die Erinnerung«, schluchzte
Viola. »Erzählen Sie mir von Leon. Wie war er? Wir können
immer noch nicht nachvollziehen, warum ihm so etwas angetan
wurde.« »Das kann ich auch nicht nachvollziehen«, wand sich
Christian ein wenig. »Er war mit Abstand der jüngste Spieler in
unserem Club. Er konnte so gut mit den Karten umgehen. Ich
darf Ihnen versichern, jeder im Club hatte gerne mit Leon
gespielt. Anfangs dachten wir, Leon sei etwas schüchtern, aber
wir wurden schnell eines Besseren belehrt. Leon kam förmlich
aus sich heraus.« »Ich weiß, Leon war immer ein etwas ruhiger
Junge«, bestätigte die Mutter. »Er hat uns leider in den letzten
Jahren nicht mehr sehr viel von sich erzählt. Aber zu dem Bridge-

spielen ist er — soweit wir wissen — immer sehr gerne gegangen.« »Das verwundert nicht«, antwortet Christian ein wenig stolz. »Niemand wird ja gezwungen, zum Bridgespielen zu gehen. Ich hatte selbst das Vergnügen, ab und zu mit ihm spielen zu dürfen. Er wird nicht nur Ihnen fehlen, sondern auch dem Bridgeclub und das sage ich Ihnen jetzt als Christian von Otten und nicht als Bridgeclubvorsitzender. Er wird mir auch sehr fehlen.« »Das ist tröstlich«, bemerkte Matthias, der Vater von Leon.

»Wissen Sie, ob die Polizei schon weiter mit den Ermittlungen gekommen ist?«, fragte Christian vorsichtig nach. »Nein, die waren Anfang der Woche da und seitdem haben wir sie nicht mehr gesehen«, antwortete Matthias. »Ich ermittele auch in dem Fall«, erläuterte Christian. »Sind Sie denn auch von der Polizei?« fragte Viola überrascht. »«So kann man es durchaus nennen«, schob Christian hinterher. »Zumindest verfolgen wir dasselbe Ziel, nämlich, den Mörder Ihres Sohnes zu finden.«

»Wissen Sie schon, wann die Trauerfeier für Leon sein soll?«, wechselte Christian noch einmal das Thema. »Nächsten Mittwoch«, antwortete Matthias. »Aber wir werden nur im ganz engen Familienkreis feiern. Wir würden Sie da auch bitten, uns keinen Kranz oder irgendetwas dergleichen vom Bridgeclub zukommen zu lassen.« »Und natürlich bitte ich Sie auch, weder selbst zu kommen noch jemand anderen zu der Feier zu entsenden«, ergänzte Viola. »Ich gehe nie auf Feiern, auf die ich nicht eingeladen bin«, versicherte Christian.

»Wir vom Bridgeclub hatten bereits eine kleine Trauerfeier wegen Leon«, kam Christian auf die Feier am Vortag zu sprechen. »Wenn Sie wollen, zeige ich sie Ihnen. Eine Bridgespielerin hat sie dankenswerterweise aufgezeichnet.«

Die Eltern von Leon schauten sich kurz an, dann nickte Matthias Christian kurz zu. »Wir würden uns glücklich schätzen, wenn Sie uns die Feier zeigen können. Wie Sie uns bisher erzählt haben, wird unser Sohn dort im rechten Licht dargestellt.«

»Natürlich«, versicherte Christian und zeigte den Eltern den Mitschnitt auf seinem Smartphone. Mit gewissem Stolz registrierte er, dass den Eltern seine Rede offenbar auch gefiel. »Wie hat Ihnen die Rede gefallen?« fragte Christian daher nach. »Gut danke«, antwortete Viola etwas abwesend, während ihr Mann sagte. »Ich bringe Sie jetzt noch zur Türe. Sie verstehen, dass wir noch viel Zeit brauchen.«

Christian nickte, aber an der Türe tippte Matthias Christian noch einmal an die Schulter. »Zeigen Sie mir das Video noch einmal. Die Person hier kenne ich. Sie war vielleicht zweimal da, vielleicht auch öfter. Aber ich habe Ihnen das in der Wohnung noch nicht erzählt, ich wollte Viola nicht unnötig aufregen. Sie wird die Person vermutlich noch nie gesehen haben. Sie haben ja gesagt, Sie arbeiten mit der Polizei zusammen.« »Ich danke Ihnen von Herzen«, verabschiedete sich Christian. Ich darf Ihnen versichern, die Informationen werden genutzt, um die Tat aufklären zu können.«

Katrin

Jörn

Katrin hatte ein wenig Leerlauf in ihrer Mittagspause und besah sich daher noch einmal die Aufgabe, die Jörn ihr gegeben hatte.

Am Tisch hatte sie

Pik: K D 10 4

Coeur: A 8 5 4 3   Karo: 7

Treff: B 7 4

und in der Hand hatte sie folgende Karten

Pik: A B 9 2

Coeur: 10   Karo: A 10 8 6 5
        Treff: 10 8 2

Dein Gegner greift Karokönig an. Deine Aufgabe ist es, mit Pik als Trumpf zehn Stiche zu erzielen.

Ihr fehlten noch vier Stiche. Katrin wusste auch, dass sie nicht mehr als drei Stiche abgeben durfte. Wenn sie sich ihre Treffs in der Hand und am Tisch anschaute, hiess das, sie durfte ausserhalb der Treffs gar keine Stiche mehr abgeben. Denn wenn sie vier Stiche abgegeben hatte, konnte sie keine zehn Stiche mehr machen. Es war wie verhext, doch dann fiel ihr die Lösung wie Schuppen von den Augen.

Stich 1: Karo 7 am Tisch, Karoass am Tisch
Stich 2: Coeur 10 in der Hand, Coeurass am Tisch
Stich 3: Coeur 3 am Tisch, Pik 2 in der Hand
Stich 4: Karo 5 am Tisch, Pik 4 in der Hand
Stiche 5,7,9 Coeur 8,5,4 am Tisch, Pik A B 9 in der Hand
Stiche 6,8,10 Karo 10, 8,6 in der Hand, Pik König Dame 10 in der Hand

Zufrieden stellte Katrin beim Weiterlesen fest, dass ihre Lösung die von Jörn gewünschte Lösung war.

Sie las weiter: Sicher fragst du dich, wie immer feststeht, wer wie viele Stiche machen muss. Hier muss ich zugeben, das habe ich festgelegt. Beim Bridge gibt es zwei Phasen: Die Reizphase, die wir bisher übersprungen haben und die Spielphase. Aber es macht wenig Sinn, dass du in der Reizphase Stiche versprichst, die du dann später in der Spielphase nicht realisieren kannst. Aber jetzt ist die Zeit gekommen, wo wir uns auch der Reizphase widmen. Katrin betrachtete die drei Seiten, die Jörn für sie geschrieben hatte. Mit dem schönen Titel: Reizung — Einführung. Sie nahm sich die Seiten und las sie aufmerksam durch.

Betrübt sah Katrin auf die Uhr. Sie hatte ihre Pause komplett damit zugebracht, die Abrechnung beim Bridge zu lernen. Sie wandte sich jetzt wieder den Unterlagen von dem Fall Leon Rincke zu. Vielleicht gab es ja doch irgendwie etwas Neues zu entdecken. Aber die Analyse gestaltete sich genauso erfolglos wie all die Tage vorher. Sie hatte das Gefühl, im Nebel herumzustochern.

Gelangweilt betrachtete sie noch einmal die Kontoauszüge. Hier hatten sie wirklich etwas übersehen. Die letzte Gehaltsabrechnung, die sichtbar war, ging nicht bis zum 30, wie sie es erwartete, sondern nur bis zum 22. Obwohl, das ließ sich leicht erklären. Der Kerl hatte ja auf einen Schlag 4000 Euro durch seine Finanzaktionen an flüssigen Mitteln erhalten. Das ist das, was sie momentan wusste. Ob er auch noch anderweitige Geldquellen hatte, die nicht über das Konto liefen, wusste sie natürlich nicht. Aber es war ihr irgendwie auch egal. Es war nicht ihre Aufgabe, das auch noch herauszubekommen. Wirklich Sinn machte es nicht, hier weiter zu recherchieren.

Sie wählte die Nummer des Arbeitgebers, der auf dem Kontoauszug vermerkt war. »Sowitzky, was kann ich für Sie tun«, hörte sie eine geschäftsmäßige Stimme. »Kulina, Kriminalpolizei Bielefeld. Könnte ich bitte mit dem Chef der Firma oder dem Chef der Personalabteilung verbunden werden.«

Katrin konnte keine Reaktion am anderen Ende der Leitung hören und so nicht abschätzen, wie ihr Anliegen aufgefasst wurde. Sie fuhr daher nach kurzer Zeit fort: »Wir haben noch ein paar Fragen zu Leon Rincke, der zumindest letzten Monat noch bei Ihnen gearbeitet hat.«

»Ich bedaure«, antwortete Frau Sowitzky. »Herr Krisan ist bereits im Wochenende. Vor Montag erwarten wir ihn auch nicht zurück.«

Katrin überschlug kurz die Situation. So wie sie es einschätzte, hatte dieses Detail auch noch bis Montag Zeit. »Richten Sie ihm bitte aus, dass ich mich am Montag früh noch einmal bei ihm melde.« »Am besten rufen Sie dann vor zehn Uhr an, danach hat Herr Krisan Kundentermine«, gab die Sekretärin zurück. »Vielen Dank für den Hinweis und ein schönes Wochenende«, verabschiedete sich Katrin.

Gertrud

Katrin hatte pünktlich Feierabend. Mit leichter Wehmut dachte sie daran, dass Feierabend dieses Mal leider nicht freies Wochenende bedeutete. Morgen hatte sie noch einmal Bereitschaftsdienst.

Sie entschied sich dafür, schon jetzt für das Wochenende einzukaufen und steuerte den Marktkauf an. Da sollte sie alles für das Wochenende bekommen.

Katrin schlenderte mit einem Einkaufswagen durch die Gänge des Zentrums. Sie fuhr von Obst und Gemüse zu den Konserven, wieder zurück zu Obst und Gemüse. Es war auch ein wenig Ablenkung von der ganzen anstrengenden Woche.

»Guten Tag«, wurde sie in der Frischhalteabteilung von einer kleinen alten Frau angesprochen. »Guten Tag«, erwiderte Katrin eher mechanisch den Gruß. » Sie sind doch die Kommissarin, die in dem Fall Leon ermittelt«, sagte Gertrud. Jetzt erkannte auch Katrin ihr Gegenüber, es war die alte Bridgespielerin, die bei dem Mord auch dabei war. »Haben Sie den Mörder schon gefasst?« fragte Gertrud. »Frau«, fing Katrin an. »Dr. Krause«, vervollständigte Gertrud. »Man kann sich nicht an alle Namen erinnern.« »Da haben Sie recht, Frau Dr. Krause«, stimmte Katrin zu. »Aber ich kann Ihnen unmöglich mitten in einem Einkaufsladen hierzu Informationen geben. Nur so viel: Nein.«

»Sie hätten mit dabei sein sollen«, redete Gertrud einfach weiter. »Wir hatten in unserem Bridgeclub eine Trauerfeier für

Leon gehabt und unser Vorsitzender hat sogar eine Rede für ihn gehalten.«»Kann man nicht einfach ungestört einkaufen gehen«, dachte sich Katrin, laut aber sagte sie:»Das freut mich für Sie.«»Er hat auch gesagt, dass er den Mörder auch finden will. Wissen sie, man ist hier in Deutschland nirgends mehr sicher«, fuhr Gertrud fort.»Wir haben in Deutschland bei Mord eine Aufklärungsquote von etwa 90 Prozent«, antwortete Katrin etwas genervt.»Das liegt allerdings nicht daran, dass irgendwelche Hobbydetektive versuchen, die Arbeit der Polizei zu machen. Was hat Ihr Herr von Otten denn genau gesagt?«

»Ich kann mich nicht mehr genau erinnern«, entschuldigte sich Gertrud.»Ich bin auch nicht mehr die Jüngste. Aber die Rede hätten Sie hören sollen!«»Sie wird ja sicher aufgezeichnet worden sein«, bemerkte Katrin sarkastisch.»Wenn man so eine tolle Rede hält, muss man das doch der Nachwelt anvertrauen.«»Ich glaube, die Sandra, also die Frau Koller, die hatte die ganze Zeit das Smartphone an. Vielleicht haben Sie ja Glück.«»Vielen Dank, Frau Doktor. Ich werde mich darum kümmern«, kam jetzt in Katrin wieder die Polizistin durch.

»Sie sind sicher auch wegen den Sonderangeboten da?«, wechselte Gertrud jetzt das Thema.»Nein, ich muss nur schnell etwas für die Kinder einkaufen. Ich glaube, die warten auch auf mich. Ich sollte mich also etwas beeilen.« Katrin hatte jetzt keine Lust mehr auf einen längeren Smalltalk. »Dann gehen Sie mal weiter, Kinder soll man nicht warten lassen. Wie alt sind sie denn?«, versuchte Gertrud doch noch einmal den Gesprächsfaden nicht abreißen zu lassen.»Vier und Sieben«, beeilte sich Katrin.»Ich muss jetzt aber los, ein schönes Wochenende noch.«

Völlig erschöpft kam Katrin zu Hause an. Heute Abend wollte sie nur noch abhängen, keine dienstlichen Gespräche. Sie schloss auf dem Sofa die Augen und wäre fast eingeschlafen. »Mama, spielst du mit uns ‚Geister, Geister, Schatzsuchmeister‘?«, hörte sie Marius fragen.

Christian

Die Vorbereitungen in das Abendessen liefen auf Hochtouren. Maunzi umschlängelte Christian, um auch von den Leckereien einen Anteil abzubekommen. Christian stellte ihr aber nur ein wenig von ihrem Lieblingskatzenfutter bereit. Er hatte die Wildente in einer Knoblauch-Peperoni-Marinade ziehen lassen. Den Salat hatte er auf zwei Salattellern angerichtet, zudem hatte er eine Zitronensauce zubereitet.

Den Tisch hatte Christian auch schon gedeckt. Er hatte sich nicht träumen lassen, dass seine Kenntnisse zum Falten von Servietten noch einmal zum Einsatz kommen würden. Er hatte das unter unnützes Wissen abgespeichert.

In etwa einer Stunde würde Sandra kommen. Das reichte noch, um einmal unter die Dusche zu springen, um sich danach schick zu machen.

Mario

Das Telefon klingelte. »Hallo Mario, was kann ich für dich tun?«, fragte Christian. »Ich hoffe, ich störe nicht zu sehr«, begann Mario. »Ein wenig Zeit habe ich für dich«, antwortete Christian in der Hoffnung auf ein eher kurzes Telefonat. »Du weißt ja, dass ich von Leon Geld bekommen habe«, begann Mario zögernd. »Natürlich, damit habe ich dich ja selbst konfrontiert«, bestätigte Christian. »Nun«, stammelte Mario, »ich habe Angst, dass die Eltern von Leon das Geld zurückfordern und dann, dann wäre ich pleite.« »Hmm«, entfuhr es Christian. »Es wäre mir lieber, wenn ich umschulden könnte. Du bist doch sicher vermögend. Wer so schöne Reden halten kann, wird damit doch ein Vermögen verdient haben.« Mario atmete tief aus, er hatte ausgesprochen, was er aussprechen wollte.

Christian musste lachen. »Danke für das Lob. Offenbar hat dir die Rede gefallen. Aber der Reihe nach. Du fragst dich, wie es mit dem Kredit von Leon weiter geht. Ehrlich gesagt, das weiß ich nicht. Ich hoffe ja immer noch, dass vor allem der Mörder von Leon überführt wird und wenn es mit meiner Hilfe passiert, umso besser. Mit den Finanzen von Leon habe ich mich nicht näher beschäftigt.

Zu deiner zweiten Anmerkung. Bislang habe ich für die Rede gar kein Geld bekommen. Die Idee, mit Reden Geld zu verdienen, ist natürlich gut, aber bislang hatte ich noch keine diesbezüglichen Ambitionen.

Und jetzt bin ich bei deinem dritten Punkt. Ich bin, wenn ich ehrlich bin, kein Freund davon, unter Freunden Geld zu verleihen. Hier werden Dingen miteinander vermischt, die nicht zusammengehören. Sei mir daher nicht böse, aber es ist wirklich besser, wenn man von diesen Geschäften die Finger lässt.«

»Aber was soll ich denn machen?«, fragte Mario. »Das kann ich dir wirklich nicht sagen. Ich kenne deine Firma ja nicht«, sagte Christian. »Aber ich kann dir nur den Rat geben. Schau dir die Lage deiner Firma neutral an, versuche sie von außen zu betrachten. Und dann treffe eine Entscheidung. Die kann aber nicht lauten, sich bei Bekannten und Freunden Geld zu leihen.«

»Ich dachte, du bist mein Freund«, wurde Mario laut. »Das bin ich und möchte es auch bleiben«, blieb Christian ruhig.

Er bekam noch mit, wie Mario den Hörer auf die Gabel knallte. Christian atmete langsam durch. Mario würde sich schon wieder einkriegen. Er hatte jetzt aber anderes zu tun.

Sandra

Nach dem Telefonat mit Mario grübelte Christian noch länger vor sich hin. »Vermutlich ist die Firma einfach pleite«, dachte er. Er stieg unter die Dusche und ließ das Wasser auf sich prasseln. Warm, kalt, warm. Er liebte es, lange zu duschen. Als er gerade zu Ende geduscht hatte, klingelte es. Schnell zog er sich den Bademantel über, Sandra wollte in zehn Minuten kommen. »Ich bin es, Sandra«, hörte er aus der Telefonanlage. »Ich dachte, ich hätte noch kurz Zeit, unter die Dusche zu hüpfen«, begrüßte Christian Sandra. »Du hättest ruhig mit dem Duschen auf mich warten können«, flüsterte Sandra und zog die Wohnungstüre zu. Danach drückte sie Christian leicht in Richtung Schlafzimmer.

»Ich habe auch einen Wein mitgebracht«, sagte Sandra später, als sie sich beim Abendessen gegenübersaßen. »Auf uns«, erhob Sandra das Weinglas. »Auf uns und auf die Gerechtigkeit«, stieß Christian mit Sandra an. »Ich würde vorschlagen, ich sage dir mal alles, was ich über den Mord weiß«, kam Christian wieder auf Leon zu sprechen. »Es lässt sich ja doch nicht vermeiden, dass wir immer wieder auf dieses Thema kommen.« »Ohne den Mord wären wir uns ja nicht so nahe gekommen«, lächelte Sandra. »Ich hätte mir trotzdem angenehmere Anlässe vorstellen können, einer so schönen Frau wie dir näher zu kommen«, schmeichelte Christian.

»Aber um zu dem Thema zurückzukommen: Ich habe eine neue Spur und werde sie morgen verfolgen. Wenn ich richtig liege, könnte ich den Fall morgen aufklären. Ich werde deshalb morgen noch einen entsprechenden Besuch machen.« Christian setze sich aufrecht auf, um noch ein wenig größer zu wirken, als er sowieso schon war. »Aber ist das nicht gefährlich? Wenn du jetzt tatsächlich dem Mörder gegenüber stehst?«, fragte Sandra ängstlich. »Weniger«, dozierte Christian. »Wenn man einen Fehler gemacht hat, dann muss man dazu stehen. Ich denke, das wird die Person genauso sehen und sich so erst mir und dann der Polizei öffnen. Was hältst du von der Schlagzeile: Vorsitzender des Bridge & Tennisclubs Bielefeld löst Fall um ermordeten Studenten?«»Auf diese Art von Aufmerksamkeit könnte ich vermutlich verzichten«, war Sandra nicht überzeugt. »Ich gebe es ja zu, ab und zu bin ich eine Rampensau«, erklärte Christian. »Aber ich zeig dir noch einmal das Video von der Trauerfeier. Vielleicht siehst du dann das Ereignis mit anderen Augen.«»Könntest recht haben«, stimmte Sandra zu. »Aber lass uns jetzt über etwas anderes sprechen. Ich will mit dir noch den Abend und die Nacht genießen.«

»Was hältst du von einer Wanderung auf der Sparrenburg? Wir nehmen noch deinen Wein und zwei Weingläser mit. Dann stoßen wir unter dem Himmel von Bielefeld auf unsere Zukunft an. Vielleicht sehen wir ja sogar viele Sternbilder am Himmel«, wurde Christian romantisch.

So schlenderten Christian und Sandra an der Promenade entlang, bis sie sich auf eine Parkbank setzten. Sandra schlang einen Arm um Christian und säuselte: »Statt Sternbilder würde ich auf eine Sternschuppe hoffen.«»Und was würdest du dir wünschen?«, fragte Christian neugierig. »Aber das weißt du doch«, lachte Sandra. »Wenn ich es laut sage, geht es nicht in Erfüllung. Weiß das der große Hercule Poirot alias Christian von Otten etwa nicht?«

Samstag

Katrin

Katrin kam etwas verschlafen die Treppe herunter. Normalerweise freute sie sich auf Samstage, weil sie da ausschlafen konnte. Heute aber, wo sie Bereitschaft hatte, konnte davon keine Rede sein. Andreas und die Kinder hatten für sie schon das Frühstück vorbereitet und waren dabei erstaunlich leise gewesen, Marius hatte Orangen ausgepresst. Lächelnd stellte Katrin fest, dass die Orangen alle nur bis zur Hälfte ausgepresst waren. Natürlich hätte Andreas hier nacharbeiten können, aber so war es das Werk von Marius alleine.

»Wann kommst du denn wieder, Mama?«, fragte Marius, als er sah, dass Katrin schon auf dem Sprung war. »Können wir heute Nachmittag noch in den Tierpark Olderdissen gehen?« »Vermutlich ja«, war Katrin optimistisch. »Ich muss bis zwei Uhr noch im Präsidium sein, danach gehen wir.« »Und böse Menschen fangen«, sagte Lisa. »Ganz so einfach ist es nicht«, lachte Katrin. »Aber wenn es sein muss.«

Katrin fuhr auf den vergleichsweise leeren Straßen zum Präsidium. Sie konnte Rufbereitschaft zu Hause wenig abgewinnen. Da würde sie mit den Kindern spielen und plötzlich, von einer Minute auf die andere wäre sie verpflichtet, loszudüsen und alles stehen und liegen zu lassen.

Mandy war schon da, als Katrin kam. »Schön, dass du gekommen bist«, begrüßte Katrin ihre Kollegin. »Ich kann dich doch nicht alleine lassen«, scherzte Mandy. »Wird vermutlich trotzdem ein recht langweiliger Vormittag«, stöhnte Katrin. »Ich habe auch keine so rechte Lust, jetzt noch einmal alle Akten durchzusehen, ob wir doch etwas übersehen haben. Ich denke, das mache ich am Montag.«

»Vielleicht müssen wir doch alle ins Kreuzverhör nehmen«, schlug Mandy vor. »Vielleicht waren wir einfach bisher zu nett.« »Insbesondere, wenn es wirklich so ein Mord nach Agatha Christie wäre«, meinte Katrin. »Dann verliert vielleicht doch einmal einer die Nerven und wir würden der Auflösung deutlich näher kommen.« »Du kannst ja heute stattdessen noch einmal den Fall auf dem Ostwestfalendamm noch rekonstruieren. Da liegt ja jetzt auch das Gutachten vor«, schlug Mandy vor. »Das reicht auch am Montag«, meinte Katrin. »Lass uns Radio anmachen.«

Jörn

Mitten in ihre Unterhaltung kam ein Anruf vom Empfang. »Besuch für sie, Frau Kulina. Ein Herr Chores will sie sprechen.« »Ich komm runter«, sagte Katrin.

»Was machst du denn hier, das überrascht mich jetzt doch«, begrüßte Katrin Jörn. »Maria ist überraschend zu einem Töpferkurs gefahren, da war für das Wochenende ein Platz frei geworden.« »Und jetzt weißt du nichts mit deinem Wochenende anzufangen«, grinste Katrin. »Das nicht, heute Nachmittag werde ich in aller Ruhe den Bundesligaspieltag im Radio verfolgen. Aber jetzt habe ich ein wenig Zeit und Andreas sagte mir, dass du hier wärest. Wenn du willst, würde ich dir noch eine Bridgestunde geben.« »Hört sich super an«, war Katrin durchaus begeistert. »Allerdings ist meine Kollegin Mandy auch da, die müsste das auch wollen. Aber ich glaube, sie wird das nicht ablehnen. Sie hatte letztens auch eine kleine Einführung. Komm einfach mal mit hoch.«

»Warum nicht«, stimmte Mandy zu.

»Katrin hat schon ein wenig von mir gelernt«, fing Jörn an. »Ich würde euch heute gerne Einblicke in die Reizung geben. Allerdings ist das wirklich nur ein erster Eindruck.«

»Nehme ich gerne an, das Angebot«, sagte Katrin. »Ich hoffe nur, wir werden nicht gestört«. »Sehe ich auch so«, stimmte Mandy zu. »Ich habe letztens eine erste Einführung in das Spiel bekommen. Die Reizung ist da allerdings gar nicht angesprochen worden.«

»Gut«, sagte Jörn. »Ganz zu Anfang. Bevor ihr spielt, müsst ihr absprechen, was welches Gebot bedeutet. Hier gibt es auch kein richtig oder falsch. Ich erkläre euch jetzt ein System, was vor allem hier in Deutschland sehr beliebt ist.

Ziel bei der Reizung ist es, vor allem festzustellen, ob man mit dem Partner stark genug ist, Partie anzusagen. Du erinnerst dich, Katrin. Eine Partieprämie bekommt man entweder für neun versprochene Stiche ohne Trumpffarbe, zehn Stiche in Oberfarbe (Coeur oder Pik) oder elf Stiche in Unterfarbe (Treff oder Karo). Wenn ihr in Oberfarbe einen Fit (zusammen mindestens acht Karten) habt, solltet ihr die Farbe auch spielen. Normalerweise macht ihr dann mehr Stiche als wenn ihr keine Farbe zur Trumpffarbe macht. Jetzt nach dieser ganzen Vorrede treffen wir folgende Vereinbarungen:

Wenn wir 12 bis 19 Figurenpunkte haben, eröffnen wir nach folgenden Regeln auf der 1 Stufe.

Haben wir eine Oberfarbe zu fünft (oder mehr Karten) eröffnen wir diese.

Haben wir beide Oberfarben zu fünft, eröffnen wir ein Pik.

Habt ihr das nicht, aber in jeder Farbe mindestens zwei Karten und höchstens 5 Karten und 15 bis 17 Punkte und in höchstens einer Farbe nur zwei Karten, so eröffnet ihr 1 SA (Sans Atout)

Habt ihr all dieses nicht, eröffnet ihr die Unterfarbe mit mehr Karten.

Habt ihr in beiden Farben drei Karten, so eröffnet ihr 1 Treff.

Habt ihr in beiden Unterfarben vier oder mehr Karten, so eröffnet ihr ein Karo.

Um andere Eröffnungen wie zum Beispiel 2 Treff kümmern

wir uns heute nicht.

Jetzt noch ein wenig zur Antwort des Eröffners. Hier verfolgen wir zwei Ziele. Zum einen wollen wir schauen, ob wir in einer Farbe gut zusammenpassen. Hier schauen wir vor allem, ob wir in Oberfarbe einen Fit haben, weil wir hier für ein Vollspiel nur zehn Stiche versprechen müssen und Oberfarbe auch mehr zählt als Unterfarbe.

Zum anderen wollen wir feststellen, wie stark unsere Seite tatsächlich ist. Ob wir Vollspiel oder gar Schlemm spielen können, oder ob es nur zu einem Teilspiel reicht. Das geht nicht mit einem Gebot und muss es ja auch nicht. Der Kontrakt ist erst dann festgelegt, wenn dreimal in Folge gepasst wird.

Ich will euch das exemplarisch durch die Antworten auf 1 Coeur zeigen. Haben wir als Antwortender auf 1 Coeur mindestens drei Coeurkarten, also mindestens acht Karten und so einen Fit, so reizen wir wie folgt:

0 bis 5 Punkte inklusive Verteilung (also 2 Punkte für eine vierte Coeurkarte, 3 Extrapunkte wenn man in einer Farbe gar keine Karte hat, zwei Punkte, wenn man in einer Farbe nur eine Karte hat und einen Punkt, wenn man in einer Farbe nur zwei Karten hat.): passe

6 bis 10 Punkte inklusive Verteilung: 2 Coeur

11 bis 12 Punkte inklusive Verteilung: 3 Coeur

13 bis 15 Punkte inklusive Verteilung: 4 Coeur (also wird hier das Vollspiel direkt angesagt)

Mit **mehr als 15 Punkten** reizt ihr erst einmal eine neue Farbe

Habt ihr all das nicht, aber mindestens vier Pikkarten und mindestens sechs Punkte, so bietet man 1 Pik.

Hat man das alles nicht und 6 bis 10 Punkte, so bietet man 1 SA.

Mit mehr als 10 Punkten bietet man jetzt seine bessere Unterfarbe auf Zweierstufe. Das sind ja mindestens vier Karten.

Auch wenn das sehr viel klingt, ich habe das hier wirklich nur kurz angerissen, damit ihr einen Einblick in die Reizung bekommt. Das hier ersetzt ja keinen Bridgekurs, sondern ist nur eine bescheidene Einführung. Aber ich will euch anhand einiger Beispiele erklären, wie eine solche Reizung stattfinden kann. Hier habe ich ein Kartenspiel vorbereitet.

Niemand ist in Gefahr und Katrin darf mit folgenden Karten das erste Gebot abgeben.

Katrin

Pik: A D 7 4 3

Coeur: A K 2   Karo: 8 5

Treff: A 9 4

Mandy

Pik: K 10 3

Coeur: 9 8   Karo: K D 7 2

Treff: 10 8 5 2

Katrin überlegte:»Ich habe 17 Punkte und fünf Pikkarten. Ich sage also 1 Pik.«»Richtig«, lobte Jörn.»Der nächste Gegner passt und du bist dran, Mandy.«»Wir haben zusammen acht Pikkarten«, analysierte Mandy.»Mindestens acht«, korrigierte Jörn.»Du siehst ja nicht, was Katrin hat. Sie hat fünf Pikkarten versprochen. Sie kann aber auch mehr Karten in Pik haben. Aber geh erst einmal von acht Karten aus.«»Dann darf ich mir für meine zwei Karten in Coeur einen Zusatzpunkt mitrechnen. Dann komme ich auf neun Punkte und würde dann analog zu den Antworten auf 1 Coeur jetzt 2 Pik reizen.«»Alles völlig korrekt«, war Jörn zufrieden.»Du hast jetzt einen Fit«, erklärte Jörn Katrin.»Mit dem Double in Karo hast du jetzt 18 Punkte. Hat Mandy 6 Punkte hättet ihr zusammen nur 24 Punkte, hätte sie 10 Punkte, hättet ihr zusammen 28 Punkte und könntet auf 10 Stiche hoffen. Deshalb bietest du jetzt 3 Pik. Wenn Mandy 6 oder 7 Punkte hat, passt sie, mit 9 oder 10 Punkten sagt sie dann 4 Pik. Es ist weder sinnvoll, zu viel zu versprechen, weil man dann Minuspunkte bekommt, noch zu wenig zu versprechen, weil man dann auch keine Partieprämie bekommt.«

»Mein Gebot ist dann ja einfach«, sagte Mandy. »Ich habe neun Punkte und sage daher 4 Pik.« »Ich sehe, diese Einführung habt ihr verstanden«, meinte Jörn. »Kurze Frage, Katrin. Wie willst du hier zehn Stiche machen?« Katrin betrachtete sich sorgfältig ihre Karten als auch die von Mandy. »Ich habe fünf Stiche in Pik«, begann sie. »Zusätzlich habe ich Coeurass und König und das Treffass. Ich könnte in Coeurass und König abspielen und die zwei mit einem Trumpf schnappen. Dann hätte ich schon neun Stiche. Einen zehnten Stich bekomme ich vielleicht dadurch, dass ich Karo spiele. Nachdem das Ass einen Stich gemacht hat, kann ich mit dem König oder der Dame einen Stich machen.«

»Alles sehr schön«, war Jörn überrascht. »Man glaubt gar nicht, dass du erst gerade angefangen hast, das Spiel zu lernen.«

»Danke«, freute sich Katrin.

»Dann kommen wir zur nächsten Hand«, machte Jörn weiter. »Wieder ist niemand in Gefahr und wieder darf Katrin als erste eröffnen. Ich zeige euch diesmal alle vier Hände. Ich will euch hier auch zeigen, dass die Bridgewelt nicht immer so einfach ist wie bei der letzten Hand.«

Gerade als sie ihre Karten sortiert hatte, summte ihr Diensthandy. »Was will das denn?«, wunderte sie sich. »Kulina, Polizeipräsidium Bielefeld, Kriminalpolizei«, meldete sie sich. »Koller hier. Ich mache mir solche Sorgen um Christian. Ich denke, er will jetzt alleine den Mörder stellen. Ich habe solche Angst um ihn«, hörte sie Sandra. »Und dann habe ich Ihre Visitenkarte gesehen.« Katrin wusste auch ohne weitere Erläuterungen, wer Christian war. »Das haben Sie vollkommen richtig gemacht. Wis-

sen Sie denn auch, wo er jetzt ist.«»Ja, hier ist die Adresse.«
»Los geht es, Mandy, Arbeit. Das tut mir leid, Jörn. Aber ich
muss dich jetzt auch rauswerfen. Vielleicht kann ich dir später
erzählen, was passiert ist. Aber fürs Spielen haben wir jetzt leider
keine Zeit.«

Christian

»Vielen Dank für das Frühstück. Das hast du wundervoll hinbekommen«, gratulierte Sandra. Christian hatte ein Frühstück mit
frisch gemahlenem Kaffee, Lachs, Aal, Rührei und einer großen
Wurst und Käseplatte auf den Tisch gezaubert. »Ich habe fast ein
schlechtes Gewissen, weil ich noch in den Federn gelegen habe,
während du in der Küche fleißig warst«, war Sandra ganz verlegen. »Wenn ich bei dir übernachte, werde ich mich revanchieren
und im Bett bleiben«, lächelte Christian.

»Aber jetzt, lass uns loslegen. Ich fahre gleich nach dem Frühstück los«, ergänzte Christian gutgelaunt. »Ich denke, du solltest
das wirklich der Polizei überlassen«, war Sandra nach wie vor
ängstlich und nicht überzeugt. »Ich muss das selbst in die Hand
nehmen«, sagte Christian im Brustton der Überzeugung. »Erstens
denke ich, bin ich der Lösung sehr nahe, und zweitens würde mir
die Polizei auch nicht glauben. So wie sie das bei Iris leider auch
nicht gemacht hatte.«

»Pass auf dich auf«, bat Sandra. »Mach ich, großes Christian-
Ehrenwort«, versprach er. »Ich ruf dich heute Nachmittag an.«

Jaqueline

»Hallo Christian, was machst du denn so früh an einem Sonntag hier?«, fragte Jaqueline, als sie Christian an der Türe ihres
Bungalows begrüßte. »Ich habe noch ein paar Fragen an Hans,

kann ich reinkommen?«, fragte Christian.

Sie standen zu dritt in der strahlend weißen Wohnküche von Hans und Jaqueline. Christian hatte einen wunderschönen Blick in den Garten. Ein sorgfältig gepflegter Rasen wurde umrandet von einer Vielzahl an Blumenbeeten, meist Rosen in verschiedenen Farben. »Hübsch ist euer Garten«, bemerkte Christian, obwohl er keine wirklichen Augen dafür hatte, die Schönheit des Gartens wahrzunehmen. »Ja, da hast du recht, wir haben dafür auch unseren Gärtner. Aber warum bist du da?«, fragte Hans unruhig. »Wie du weißt«, hob Christian an, »bin ich als Vorsitzender des Bridgeclubs geradezu verpflichtet, das Verbrechen an Leon aufzuklären.« »Ja und?«, fragte Hans.

»Ich habe im Verlauf meiner Ermittlungen erfahren müssen, dass einige, die am Samstag beim Bridge waren, ein starkes Motiv hatten«, hob Christian an. »Aber warum bist du dann hier?«, fragte Jaqueline verwundert. »Hans hatte doch eine Karte für das Arminiaspiel bekommen und war danach noch der Kneipe.« »Kannst du einfach mal deine Schnauze halten«, schrie Hans. »Ich unterhalte mich gerade mit diesem Möchtegernermittler.« Christian ging ruhig im Raum herum, während Hans ihn nicht aus den Augen ließ.

»Ich habe mich immer gefragt, ob die jeweiligen Motive reichen«, dozierte Christian. »Ein wenig Geld, eine problematische Schüler-Lehrer-Konstellation, Arztgeheimnisse, die missachtet wurden. Aber reicht das?« »Wird wohl so gewesen sein«, die Stimme von Hans war jetzt schrill.

»Aber es gibt auch stärkere Motive, das wurde mir gestern immer klarer. Ich hatte bereits bei der Trauerfeier den Verdacht, aber er hat sich gestern deutlich erhärtet.« Christian konnte förmlich spüren, wie der Puls von Hans immer höher wurde. »Jetzt aber zu dem Motiv bei dem Mord, ich bin mir jetzt sicher«, war Christian in seinem Element. »Eifersucht, ganz klassische Eifersucht, Hans.« Christian fühlte sich gerade wie Hercule Poirot.

»Ein wichtiges Puzzlestück wurde mir gerade geliefert. Warum hast du Jaqueline nicht einfach gesagt, dass du bei der Gräfin Bridge spielen warst. Ich rate jetzt einfach: Du hattest berechtigt oder unberechtigt den Verdacht, deine Frau könnte etwas mit Leon gehabt haben. Das hast du nicht ertragen und nach Methoden gesucht, Leon aus dem Weg zu räumen.«»Aber das kann nicht sein«, wiederholte Jaqueline schreiend. »Er war doch am Samstag, wo das passiert ist, im Stadion.«»Das war er definitiv nicht«, klärte Christian Jaqueline auf. »Aber natürlich ist es ein weiteres Mosaiksteinchen Hans, dass du deiner Frau nicht erzählt hast, dass du an dem fraglichen Samstag auch beim Bridge warst. Ich würde vorschlagen, du stellst dich der Polizei.«

Hans rannte zur Türe der Wohnküche und schloss sie ab. Blitzschnell hatte er auch das große Küchenmesser in seiner Hand. »Gar nichts werde ich tun«, keuchte er. »Nur weil der Möchtegern-Christian auch mal ein Korn gefunden hat. Ich wusste schon lange, dass Jaqueline etwas mit diesem Leon hatte. Wenn du einfach Leon aus dem Club entfernt hättest. Dann hätten sich meine Frau und Leon nie kennengelernt. Meine Frau, ist kein Freiwild. Ich habe lange nachgedacht, was ich machen muss. Zunächst habe ich dafür gesorgt, dass Leon den Job bei meinem Schwager wieder verliert. Das war Mitte des Monats. Aber ich habe gespürt, das reicht nicht. Leon würde immer noch Wege finden, in unserem Leben herumzufuschen. Dann las ich einen Krimi, in dem der Mörder seinen Nebenbuhler mit dem Gift einer Schnecke umgebracht hat. Eine Schnecke bringt Leon zur Strecke. Reimt sich sogar, Christian. Ist das nicht lustig? Warum ich dir das alles erzähle? Irgendjemandem muss ich es erzählen. Das entlastet das Gewissen. Und bei dir ist es egal. Es wird aussehen wie Nothilfe. Wenn du nicht so herumgeschnüffelt hättest, hätte sich die Polizei doch mit Reinhardt als Mörder zufriedengegeben. Aber nein, unser aller Christian kam auf die Idee, selber zu ermitteln. Vielleicht hättest du dabei sein sollen, als die Gräfin uns alle zu ihrer Führung einlud. Fast alle hatten noch ihren Kuchen oder auch ihren zweiten Kuchen vor sich auf den Tischen. Es war so einfach, das Gift über Leons Kuchen zu streuen.« Laut war ein zweimaliges Klingeln zu hören. »Es klingelt«, versuchte Jaqueline ihren Mann abzulenken. »Schnauze«, schrie er seine in der Ecke hockende Frau an und fuhr fort.

»Ich musste nur noch das Gift auf Leons Kuchen streuen, genau wie Leon Gift für die Beziehung von mir und Jaqueline war. Es war alles so einfach. Alle dackelten zu dieser idiotischen Gemäldesammlung von Ursula. Ich hatte alle Zeit der Welt, für die spätere Vernehmung der Polizei musste ich mir nur ein Bild einprägen. Er hat es verdient.« »Hat er nicht«, heulte Jaqueline.

»Doch«, Hans trat mit Wucht gegen seine Frau, die sich vor Schmerz krümmte. Dann wendete er sich wieder Christian zu, das Küchenmesser vor sich herhaltend. »Wir können über alles reden«, versuchte Christian. »Noch ist nichts zu spät.« »Was meinst du mit Reden?«, zischte Hans. »Du hast versucht, Jaqueline anzugreifen und ich bin ihr zu Hilfe gekommen.« Die Augen von Hans waren ganz glasig wie im Wahn, als er mit dem Küchenmesser auf Christian einstach. Christian konnte ausweichen, aber er bekam trotzdem eine Schnittwunde im Arm ab. »Jaqueline kann bestätigen, dass du hier eingedrungen bist, um fingierte Beweise in unserem Haus zu deponieren. Ist es nicht so, Jaqui? Und deshalb musste ich dich leider in Nothilfe töten, als du von Jaqueline erwischt wurdest und gegenüber ihr handgreiflich wurdest. Du hast zwar den Fall gelöst, aber leider wird unser großer von Otten davon nichts mehr haben.« Hans drängt Christian mit dem Messer immer mehr in Richtung Türe. Christian wich zurück, aus dem Gesicht war jede Farbe gewichen. Beide bekamen nicht mit, wie ein weiteres Mal mehrmals an der Tür geklingelt wurde.

Hans versuchte, auf Christian einzustechen, als die Terrassentür durch einen Schuss geöffnet wurde.

Hans drehte sich blitzschnell um, aber er schaute nur in die

Pistolenmündungen von Katrin und Mandy. »Messer fallen lassen oder ich mache von meiner Schusswaffe Gebrauch«, befahl Katrin. Hans war so erschrocken, dass er gehorchte und das Messer fallen ließ. Blitzschnell drehten die beiden Polizistinnen Hans die Hände auf den Rücken und legten ihm Handschellen an. »Sie werden uns erklären, Herr Grafe, warum Sie Herrn von Otten mit einem Messer attackiert haben. Sie werden uns daher auf das Präsidium begleiten. Sie können, wenn Sie wollen, dort einen Anwalt kontaktieren«, informierte Katrin Hans über das weitere Vorgehen.

»Ich danke Ihnen, er hat gestanden«, sagte Christian etwas stockend. »Danken Sie ihrer Freundin. Sie hat uns von Ihrer waghalsigen Aktion erzählt. Ich hatte Ihnen doch gesagt, begeben Sie sich nicht in Gefahr«, tadelte Katrin. »Ich hatte alles unter Kontrolle«, fand Christian seine Fassung wieder. »Natürlich will ich mich erkenntlich zeigen. Darf ich SWie beide zu meinem bald startenden Bridgekurs einladen?« »Nein danke, ich habe schon meinen privaten Bridgelehrer«, lachte Katrin.

Anhang: Reizung — Eine Einführung (von Jörn)

Der Teiler darf als erstes ein Gebot abgeben. Er kann in allen Farben sowie in Sans Atout (keine Trumpffarbe) Stiche versprechen. Er verspricht dabei immer die Mehrheit der Stiche. Daher werden zu dem Gebot immer sechs Stiche hinzugezählt. Wenn er also 1 Pik eröffnet, verspricht er sieben Stiche mit Pik als Trumpf zusammen mit den Karten seines Partners. Ersatzweise kann er auch passen. Aber nehmen wir an, er eröffnet.

Dann kann der nächste Spieler das Gebot entweder kontrieren oder passen oder mehr versprechen. Mehr ist entweder eine höhere Farbe oder mehr Stiche oder beides. Die Reihenfolge der Farben ist von unten nach oben Treff, Karo, Coeur, Pik, Sans Atout. Er könnte also auf 1 Pik zum Beispiel 1 Sans Atout, kontra oder 2 Treff reizen, nicht aber 1 Karo. Auf Kontra kann man noch Rekontra legen. Wenn nach einem Gebot dreimal gepasst wird, wird der Kontrakt von der Seite gespielt, die als letzte Stiche versprochen hat. Alleinspieler wird derjenige, der von der spielenden Seite die Farbe als erstes versprochen hat. Ein Beispiel soll dir das verdeutlichen.

Jörn	Katrin	Maria	Andreas
1 Karo	1 Pik	passe	2 Karo
2 Coeur	3 Karo	kontra	passe
passe	passe		

Du hast mit Andreas neun Stiche (3 +6) in Karo versprochen. Das letzte Gebot war kontra. Von dir und Andreas hat Andreas als erstes die Karos genannt (dass ich sie auch gereizt habe, ist hier uninteressant) Andreas muss jetzt neun Stiche im Kontra mit Karo als Trumpf machen, deine Karten kommen als Dummy auf den Tisch und ich wähle eine Karte aus, die ich zum ersten Stich ausspiele.

Wie ich ganz zu Anfang erwähnt habe, bekommt man nur dann positive Anschriften, wenn man mindestens so viele Stiche macht wie man vorher versprochen hat. Hier gibt es

Teilspielprämien

Partieprämien

Schlemmprämien, wenn man mindestens 12 Stiche verspricht

Großschlemmprämien, wenn man alle Stiche verspricht

Man spricht bei Pik und Coeur von den Oberfarben. Wenn man dort Stiche verspricht, bekommt man für jeden über sechs Stichen 30 Punkte.

Bei Treff und Karo spricht man von den Unterfarben. Hier gibt es für jeden versprochenen Stich über den sechsten 20 Punkte

Bei Sans Atout bringt der versprochene siebte Stich 40 Punkte, jeder weitere versprochene Stich 30 weitere Punkte.

Wenn man zum Beispiel 4 Pik spielt, (also 10 Stiche in Pik verspricht) bekäme man 120 Punkte. Verspricht man 100 oder mehr Punkte, spricht man von einem angesagten Vollspiel und man erhält die Vollspielprämie. Du erkennst, dass du für ein Vollspiel in Sans Atout nur neun Stiche brauchst, in Oberfarbe zehn Stiche und in Unterfarbe ganze elf Stiche.

Man unterscheidet beim Bridge zwischen Gefahr und Nichtgefahr. Normalerweise ist bei jedem Spiel einfach festgelegt, wer in Gefahr und wer in Nichtgefahr ist. Es gibt hier bei Rubberbridge andere Regeln, aber das interessiert uns jetzt weniger.

Hier gilt nun folgendes:

Verspricht man kein Vollspiel, wenn man den Kontrakt erfüllt, bekommt man 50 Extrapunkte, die Teilspielprämie

Verspricht man ein Vollspiel, so bekommt man in Gefahr 500 Extrapunkte, in Nichtgefahr 300 Extrapunkte bei Kontrakterfüllung

Verspricht man 12 Stiche, so gibt es in Gefahr noch einmal 750 Punkte, in Nichtgefahr 500 Punkte bei Kontrakterfüllung Verspricht man alle 13 Stiche, gibt es in Gefahr noch einmal 750 Punkte, in Nichtgefahr 500 Punkte bei Kontrakterfüllung.

Wenn du mehr Stiche als die versprochenen erzielst, bekommst du für die zusätzlichen Stiche die Punkte gutgeschrieben, aber keine Extrapunkte durch Prämien (30 Punkte für jeden Stich bei Oberfarbe oder Sans Atout, 20 Punkte bei den Unterfarben).

Wenn du weniger als die versprochenen Stiche versprichst, bekommst du Minuspunkte.

In Gefahr für jeden Stich, den du weniger machst, 100 Minuspunkte, in Nichtgefahr pro Stiche 50 Minuspunkte.

Wenn Du in Gefahr kontriert wirst, bekommst du für den ersten Minusstich 200 Minuspunkte und für jeden weiteren Minusstich je 300 Minuspunkte mehr.

In Nichtgefahr für den ersten Stich, den Du weniger machst, 100 Minuspunkte, für den zweiten und dritten weniger nochmal weitere 200 Minuspunkte und ab dem vierten Minusstich pro Minusstich 300 Minuspunkte. Du würdest also zum Beispiel, wenn du 10 Stiche versprichst und nur sechs Stiche machst, 100 + 200 + 200 + 300 = 800 Minuspunkte bekommen.

Der Vollständigkeit halber. Bei erfüllten kontrierten Kontrakten verdoppeln sich die Punkte, die du für jeden Stich bekommst, bei rekontrierten vervierfachen sie sich. Du kannst so durchaus die Vollspielprämie bekommen. Spielst Du zum Beispiel 2 Pik im Kontra, erhältst du 2 *30 (für Pik) *2 = 120 Punkte und entsprechend zusätzlich die Vollspielprämie. Zusätzlich bekommst du bei kontrierten erfüllten Kontakten 50 Extrapunkte, bei rekontrierten erfüllten Kontrakten 100 Extrapunkte. Wenn du im Kontra mehr Stiche machst, als du versprichst, bekommst du in Gefahr für jeden Extrastich 200 zusätzliche Punkte, in Nichtgefahr pro Stich 100 Extrapunkte.

Bei rekontrierten Kontrakten 200 Punkte in Nichtgefahr, 400 Punkte in Gefahr.

Das war jetzt richtig viel Theorie. Aber mit der Zeit gewöhnt man sich an die Abrechnung, das verspreche ich dir. Ich gebe dir jetzt noch ein paar Beispiele:

Du spielst in Gefahr 4 Pik und erzielst 11 Stiche. Versprochen 4 Stiche a 30 Punkte, also 120 Punkte, damit erhältst du die Vollspielprämie von 500 Punkten. Zudem hast du einen Überstich gemacht, der auch 30 Punkte zählt. Zusammen erhältst du 650 Punkte.

Du spielst in Nichtgefahr 4 Treff und erzielst ebenfalls 11 Stiche. Versprochen hast Du 4 Stiche a 20 Punkte, also 80 Punkte. Du bekommst also nur 50 Punkte als Teilspielprämie zusätzlich. Du hast wieder einen Stich mehr als versprochen gemacht, also noch einmal 20 Punkte. Zusammen hast du also 150 Punkte.

Du spielst in Gefahr 7 Pik und hast immerhin 12 Stiche gemacht. Du hast zwar fast alle Stiche gemacht, aber alle versprochen. Für den Stich zu wenig erhältst du in Gefahr 100 Minuspunkte.

Du spielst in Gefahr 2 Sans Atout im Kontra und machst 8 Stiche. Versprochen hast du 40 (für den ersten Stich über sechs Stiche) + 30 = 70. Du bist kontriert worden, also verdoppelt sich der Wert auf 140, damit erhältst du zusätzlich die Vollspielprämie von 500 Punkten. Für das Kontra bekommst du noch einmal 50 Extrapunkte. Zusammen bekommst du also 690 Punkte gutgeschrieben.

Du spielst in Nichtgefahr 3 Karo und machst 7 Stiche. Das sind zwei weniger als versprochen. Pro nicht erfüllten Stich in Nichtgefahr bekommst du 50 Minuspunkte, also 100 Minuspunkte.

Zum Abschluss spielst du in Nichtgefahr 7 Treff und machst auch alle 13 Stiche. Versprochen hast du 7*20 = 140 Punkte, Du erhältst demnach die Vollspielprämie von 300 Punkten. Dann bekommst du noch eine Prämie von 500 Punkten als Schlemm-prämie. (mindestens 12 Punkte versprochen). Zusätzlich bekommst du noch einmal 500 Punkte Großschlemmprämie. Zählt man das alles zusammen, erhältst du 1440 Punkte für das Spiel.

Martin Meckel, *Jahrgang 1966, geboren in Würzburg, lebt mit seinem Sohn in Bielefeld. Diplom-Mathematiker, spielt seit über 30 Jahre Bridge, mittlerweile in der 3.Bundesliga.*